DEAN KOONTZ

SOLE SURVIVOR

この書物の所有者は下記の通りです。

住所	
氏名	〒

アカデミー出版社からすでに刊行されている
天馬龍行氏による超訳シリーズ

「天使の自立」
「私は別人」
「明け方の夢」
「血　族」
「真夜中は別の顔」
「時間の砂」
「明日があるなら」
「ゲームの達人」
（以上シドニィ・シェルダン作）

「五日間のパリ」
「贈りもの」
「無言の名誉」
「敵　意」
「二つの約束」
「幸せの記憶」
「アクシデント」
（以上ダニエル・スティール作）

「何ものも恐れるな」
「インテンシティ」
（以上ディーン・クーンツ作）

「顔」
「女　医」
「陰謀の日」
「神の吹かす風」
「星の輝き」

生存者（上）

作・ディーン・クーンツ
超訳・天馬龍行

レイモックを追悼して

もうずいぶん前に、よりよい世界へ旅立って行ったわたしの伯父、レイモック。子供時代のわたしが道を見失ったり、踏みはずしそうになったとき、あなたは、その品位と、優しさと、ユーモアで、男の立つべき姿を教えてくれました。

空は深く、暗く、星の光はやたらに目立つ。
見上げるとき、空恐ろしさに身がすくむ。
もし、この、孤独で問題だらけの世界に、
見えるだけのものしかないのなら……
死んだ冷たい星くずと、虚無の空間が果
てしなく続くのなら、
わたしは生き続ける理由を見いだせない。
笑う理由も、涙する理由も、眠る理由も、
目を覚ます理由も、
約束を守る理由も、いっさい感じない。
だからわたしは、夜、目を開け、
神秘に満ちた暗い空をうかがう——
石のように冷たい頭上のアーチを。
そして、静かに叫ぶ。
神よ、そこにいるのかと。
われわれは結局、独りぼっちなのかと。

—— 悲しみを見つめる本

BOOK　ONE

永遠の喪失

第一章

土曜日。ロサンゼルスの午前二時。ジョー・カーペンターは枕を抱え、妻の名を叫びながら目を覚ました。周囲は真っ暗だった。呪われたような自分の声に彼は身震いした。目が覚めたあとも夢はすぐには消えなかった。地震で揺れる家の天井から落ちるほこりのように、もやもやとしばらく空中に漂っていた。

彼が枕を抱えていたのは、ミッシェルが腕の中にいないのに気づいて、近くにある物にあわてしがみついた結果だった。夢から覚めたのは、ミッシェルの髪の香りを嗅いだからだった。思い出に逃げられそうで、彼は動けなかった。彼女の香りがなくなったら、残るのは自分の寝汗の臭いだけになってしまう。

どんなにじっとしていても、夢の中の生き生きした情景は急速に色あせていく。彼女の髪の香りは風船のようにふわふわと上昇して、すぐ手の届かないところに消えていった。

自分だけが取り残されたような寂しさの中で彼は起き上がり、すぐそこにある窓のところへ行った。彼のベッドが、と言っても床の上に置いたマットレスにすぎなかったが、部屋に残された唯一の家具だったから、暗闇の中で足をとられる心配はなかった。

彼の現在の住まいは、ベッドルームを兼ねた大きな居間が一つと、ちっぽけなキッチンに、おんぼろバスルーム、それに、二台分のガレージが部屋の下にある、ローレル・キャニオン通りに建つワンルームの賃貸アパートだった。

スタジオシティの自宅を売り払ってここに越してきたとき、家具はいっさい持って来なかった。死んだ男に快適さは必要なかったからだ。ジョー・カーペンターがこのアパートに引っ越してきたのは、ここで死ぬためだった。

毎月家賃を払い、目の覚めない朝が来るのを待ちながら、すでに十か月が過ぎた。

そそり立つ岩壁に面した窓からは、まばらに生える常緑樹やユーカリの黒いシルエットが見える。木々の向こうの西の空には太めの三日月が浮かび、暗い郊外の森を銀色に照らしている。

ジョー・カーペンターは、今夜も自分がまだ死人になっていないことに驚いていた。かと言って、生きているわけでもなかった。あえて言うなら、その中間にいた。死への旅立ちの中間である。いずれは終わりを迎えなければならない。後戻りはできないのだから。

冷蔵庫から冷えたビールを一本取り出してきて、マットレスに戻った。それから、壁を背にして座り込んだ。

午前二時半のビール。もう飛び下りてしまった命。

酔いつぶれたまま死ねたらいいのに、と思った。アルコールで目を回しながらこの世からおさらばできたら、死にぎわの苦痛も気にならないだろう。アルコールを飲めば記憶もぼやける。ただし、彼としては、記憶だけはぼやけて欲しくなかった。記憶は、彼の人生の中の神聖な部分である。だから、ビールでもワインでも、いつも数杯しか飲まない。

窓から差し込んでくる月明かり以外の明かりと言えば、マットレスの横に置いてある電話機の番号表示用のイルミネーションぐらいだ。

夜中であれ、昼間であれ、彼が自分の悲惨な状態をうち明けられる相手は一人しかいなかった。まだ三十七歳の彼だが、両親はとっくの昔に他界していた。兄弟はいなかった。悲劇の事故が起きて以来、友人たちはなんとか彼を慰めてやろうと努力してきたのだが、彼の方は、つらすぎて、皆と語り合う心のゆとりが持てなかった。やがて、一人また一人と友人たちは離れていった。

ジョー・カーペンターはいま電話機をひざの上に載せ、ミッシェルの母親、ベス・マッケイの番号を押していた。

そこからおよそ三千マイル離れたバージニアの自宅で、彼女はベルが鳴ると同時に受話器を取った。

「ジョー?」

「起こしちゃいました?」

「知ってるでしょ。わたしは早寝早起きなのよ。夜明け前にはもう起きてるわ」

「ヘンリーもですか?」

彼は、ミッシェルの父親についても尋ねた。

「いやあ。うちの亭主はハルマゲドンが来ても眠ってる人よ」

彼女の言い方には、夫に対する愛情が表われていた。

ベス・マッケイは心の底から優しい女性だった。自分の娘を亡くしたにもかかわらず、いつもジョーに同情してくれていた。優しさの奥には、尋常ではない強さが隠されていた。

ミッシェルの葬儀では、その夫たるジョーも、父親のヘンリーも、ベスによりかからなければ耐えられそうになかった。彼女は、二人を支える大きな岩の役目を果たしてくれた。しかし、何時間かあとで、夜中にジョーがスタジオシティの自宅の中庭で彼女を見かけたとき、彼女は寝室から持ってきた枕に顔をうずめて、声も出さずにしゃくり上げていた。自分の悲しみで、夫や義理の息子をさらに苦しませたくなかったのだろう。その姿は、まるで、一人で悲嘆に暮れる老婆のようだった。

その場に出くわして、ジョーは彼女の横に腰をおろした。だがベスの方は、手を握られたくも、肩に腕を回されたくもなかった。だから、義理の息子に手を伸ばされて身をすくめた。

あまりの悲しさに、彼女の神経は皮が剝がれてむき出し状態になっていた。だから、慰めのささやきも耳元での叫びに聞こえ、差し伸べられる愛の手は焼きごてのように感じられるのだ。ジョーはそんな彼女を放っておけなくて、長い柄のついた掃除用のネットを手にしてプールの表面をかき回し始めた。ただ水をかき回し、暗い水面に浮いている蛾や葉っぱをすくい上げてはまた水の中をかき回した。

午前二時半になっても、自分が何をやっているかも気づかずに、黙って同じ動作を繰り返していた。かき回してすくい上げる、かき回してすくい上げる。ベスは枕に顔をうずめて泣き続ける。ジョーは水をかき回してすくい上げる。とうとうプールの表面には、われ関せずと冷たそうに映る星以外に、浮いている物はなくなった。やがて、涙を涸らしたベスがブランコ椅子から立ち上がり、ジョーのところにやって来て、彼の手からネットの柄を取り上げた。彼女はそのままジョーを二階の寝室へ導き、子供をあやすように、彼をベッドに寝かしつけた。その夜ジョーは、あの日以来初めてぐっすり眠ることができた。

悲しいほど遠く離れた電話の一方の端で、ジョーは飲みかけのビールを横に置いた。

「そっちはもう夜が明けましたか、ベス？」

「ちょうど明けるところよ」

「するとお母さんは、今キッチンの椅子に座って、大きな窓から東の空を見つめているんでしょ？　空はきれいですか？」

「西の空はまだ暗くて、真上は紺色、東の空はピンクと珊瑚とサファイアが混じっているわ。日本の絹織物みたいよ」

ベスの強さを頼って、ジョーはこうして時々彼女に電話をかける。彼が求めるのは、彼女の精神的な強さだけではない。彼女とするたわいない会話がとても楽しいのだ。彼女の声も、柔らかなバージニアのアクセントも、ミッシェルのものと同じなところがほろ苦い。

「電話に出たとき、〝ハロー〟じゃなくて、いきなりぼくの名前を呼びましたね？」

「ほかに誰が電話してくると思うの？」

「こんな半端な時間に電話する人間なんていませんよね」

「まあ、そうでもないけど、今朝は分かったの……あなただってね」

一家をメチャメチャにしてしまった最悪の事故が起きたのは、ちょうど一年前だった。今日はその不幸の一周忌である。

「食欲の方はどう、ジョー？　まだ目方が減り続けているの？」

「いいえ、もう大丈夫です」

ジョーは嘘をついた。

この一年のあいだに、彼は食事にまったく無関心になっていた。三か月前から体重が減り始め、今日までに十キロもやせてしまっていた。

「そちらの天候はどうです？　今日は暑くなりますかね？」

「蒸し暑くなりそうよ。雲はあるけど、雨は降ってくれそうにないわ。東の雲の切れ目が金色とピンク色に染まっているわ。太陽がようやく顔を出すところよ」

「もう一年も経ったなんて思えませんね、ベス」

「そう感じることもあるけど、ずっと昔だったような気がするときもあるの」

「ぼくはまだあきらめ切れなくて」

ジョーは心にあるままを言った。

「ミッシェルたちがいないと寂しくてたまりません」

「ああ、ジョー。優しいのね、あなたは。ヘンリーもわたしもあなたのことを愛していますよ。あなたはわたしたちの息子のようなものです。わたしたちの本当の息子です」

「分かっています。ぼくもお母さんたちのことをとても愛しています。でも、どうにもならないんです、ベス。どうにもならないんです」

彼は息を大きく吸い込んだ。

「この一年は地獄でした。これをまた続けるのかと思うと、いつまで持つか自信がありません」

「時が解決してくれますよ」

「さあ……それはどうですか。ぼくにはそうは思えないんです。独りぼっちで、生活はすさむばかりです」

「仕事に戻ろうとは思わないの、ジョー？　もう一度考えてみたら？」

事故が起きる前の彼は『ロサンゼルス・ポスト』紙の犯罪担当記者だった。しかし、あれから間もなく、彼はジャーナリストの職を放棄した。

「死体を目にするのが耐えられないんですよ、ベス」

それが、路上の無差別銃撃であれ、カージャックであれ、年齢、性別にかかわらず、事件の犠牲者の惨殺体を見ると、ミッシェルやクリッシーやニーナのバラバラになった遺体を連想してしまうのだ。

「あなたには文才があるんだから、違う分野のレポーターをやったらどう？　心温まるようなストーリーを追うとか、いろいろあるじゃないの。やはり、社会に復帰して活躍しなければダメよ」

ベスの勧めに応える代わりに、彼は言った。

「独りぼっちだと、体が動こうとしないんです。ミッシェルと一緒にいたい……クリッシーやニーナと一緒に……」

「いつかまた、みんな一緒になれますよ」

彼女は信心深い女性でもあった。

「いつかじゃなくて、いま一緒にいたいんです」

ジョーは声を詰まらせた。再び声を出すまでにしばらく時間がかかった。

「この世でのぼくはもう終わりです。生き抜く根性がありません」

「ダメよ、そんなことじゃ、ジョー」

死んだあとどうなるのか確信のなかったジョーには、自ら命を絶つ勇気はなかった。光と愛に満ちたあの世とやらで妻や娘たちに再会できるとは、本心からは信じていなかった。暮れ行く空を見上げ、宇宙の果てに沈む夕陽を見るときでも、この疑念は決して口にできなかった。もし自分から来世を否定したら、ミッシェルや娘たちの人生がまるで無意味なものになってしまうからだ。

「わたしたちがこの世にいるのは、一人一人が生きる目的を授かっているからですよ、ジョー」

「三人は、ぼくの生きる目的でした。それがいなくなっちゃったんです」

「だったら、あなたには別の目的があるはずよ。それを見つけるのが今のあなたの役目ですよ。

あなたがこの世にいる理由は必ずあるはずです」

「いや、それはもうありません」

ジョーは義母の意見に賛成しなかった。

「それよりも、空が今どんな感じか教えてください、ベス」

ちょっと迷ってから、彼女は言った。

「東の空の雲から金色は消えました。ピンク色もなくなったし、ただの白い雲になっているわ。雨は含んでいなさそう。青い空に載せた透かし彫りみたいね」

大陸の向こう側で義母が語る夜明けの様子に、ジョーは耳を傾けた。それからヘンリーとベスが昨晩裏庭で見たホタルの話を聞いた。南カリフォルニアにホタルは生息しないが、ジョーは、ペンシルバニアでの少年時代に何度も見ていた。それから二人は、イチゴが熟しかけているヘンリーの庭のことを話した。そのうちに、ジョーも眠くなってきた。

「こちらの空はもうすっかり明けたわ。朝はわたしたちの頭上を通り越して、そっちへ向かって行くわよ、ジョー。あなたも夜明けを見てごらんなさい。生きる理由が見つかるかもしれないわ。朝ってそういうものよ」

それがベスの最後の言葉だった。

受話器を置いてから、ジョーは床の上に横向きになって、窓の外を眺めた。銀色に輝いていた三日月はすでに空になく、真っ暗闇が周囲を包んでいた。

眠りに落ちてから彼が見たのは、目的を教えてくれる栄光の夜明けではなく、空から巨大な塊が落ちてくる気味の悪い夢だった。

第二章

同じ日の土曜の朝、サンタモニカ海岸に向かってドライブ中、ジョー・カーペンターは神経症障害からくる〝不安発作〟におそわれた。胸の奥が重くなり、肩を上下させなければ呼吸できなかった。ハンドルから片手を放してみると、指が、中風の老人のようにひん曲がっていた。

空中を落下するような妙な錯覚におそわれていた。まるで、乗っているホンダが道路を飛びだし、奈落の底に転げ落ちていくような感覚だった。目の前には、なんの障害物もない道路が続き、タイヤは接地音を立てていたのに、彼は安全走行をしている感覚を取り戻せなくなっていた。

墜落感はむしろ強まり、ジョーは怖くなって足をアクセルから放し、ブレーキペダルを踏んだ。

路上にホーンが鳴り渡り、タイヤがきしみ、後続車両がジョーの急ブレーキに合わせて車速をゆるめた。すぐに、何台もの車がジョーのホンダを追い越して行った。殺してやると言わんばかりにジョーをにらみつける者、汚ない言葉を投げつけていく者、卑猥なジェスチャーをする者、といろいろいた。

ここは、不吉なエネルギーがやかましくきしむ、終末を予言するような大ロサンゼルスである。他人の権利をちょっぴりでも侵したら、それこそ大ごとだ。たとえそれが悪意のない過ちであっても、核融合的な報復が返ってくる。

墜落の感覚は消えなかった。まるで、ジェットコースターで空中を宙返りさせられているように、胃の中がひっくり返っていた。

車の中には自分一人しかいないはずなのに、同乗者たちの叫び声が聞こえる。気絶していた者が意識を取り戻した時に上げる種類の独特の叫び声だ。遊園地で聞くような笑いの混じった声ではなく、純粋に恐怖する悲鳴である。遠くから、自分自身のささやく声さえ聞こえている。

「やめてくれ……やめてくれ……やめてくれ……」

一瞬できた車間距離を利用して、ジョーは車を道路脇に寄せた。フリーウェーの路肩は狭い。ジョーはガードレールすれすれに車を止めた。ガードレールの上には、青々とした夾竹桃の藪が緑の大波のように生い茂っていた。

ジョーはギアを〝パーク〟に入れたものの、エンジンは切らなかった。冷や汗で体中が湿っぽかった。気分も悪かったから、エアコンの冷たい空気で呼吸を整えたかった。胸の奥の重みは前よりもひどくなり、いちいち肩を上げ下げして呼吸しなければ息が続かなかった。そして、ひと呼吸するたびに胸の入り口がゼイゼイと鳴った。

車の中の空気はきれいだったにもかかわらず、ジョーには煙たかった。はっきりと焦げくさい臭いがした。オイルの燃える臭いに、プラスチックやビニールレザーの溶ける臭い。それに、金属の焼ける臭いが混ざって、鼻にピリピリとしみた。

助手席の窓ガラスを押しつけている夾竹桃のふさふさした枝先と真紅の花を目にしたとき、彼はそれをもくもくと湧き立つ煙に見立てた。車の助手席の窓は、角の丸い二重ガラスの、飛行機の窓に変わっていた。

もし今回の発作が初めてだったら、ジョーは、頭がおかしくなったのかと思ったかもしれない。しかし、発作はこれまでも二週間に一度の割合で起きていた。一日に三回起きることもあった。そして、この墜落感を伴う発作は、だいたい十分から三十分続く。

勧められて、ジョーはセラピストの治療を仰いだことがある。だが、カウンセリングの効果はなかった。医者は発作予防のための鎮静剤を勧めた。しかしジョーは、もらった薬を全部捨てて、一錠も服用しなかった。苦痛は彼の望むところだった。彼の人生には、もはやそれしか残っていないのだから。

目を閉じ、冷たい両手で顔を覆って、ジョーは懸命に自分を取り戻そうとした。しかし、周囲の大混乱はおかまいなしに続いた。墜落感はいよいよ強まり、煙の臭いは前よりも濃くなった。乗客たちの叫びもますます激しくなった。

すべてが揺れた。足元の床、キャビンの壁、天井。ゾッとするような打撃音。空中分解しそうなほど機体中をきしませながら、飛行機は揺れに揺れる。

彼は祈りの言葉を口にした。

「お願いだ……」

目を閉じたまま、彼が顔から両手をおろすと、三人は彼の横で体を丸めて横たわっていた。子供たちの小さな手が彼の手を握り締めた。彼はその手を強く握り返した。

車の中に子供たちがいるはずはなかった。だが、運命の定期便の座席には三人が並んで座っていた。

ジョーが頭の中で再現するのは、353便墜落の瞬間である。この発作のあいだ中、彼の精神は引き裂かれ、二つの場所を行ったり来たりする。車の中の現実の世界と、穏やかな成層圏から夜の闇を突いて草原に墜落して行く、鉄の塊となったネイションワイド航空の747型ジャンボ機である。

ミッシェルの両脇に子供たちが座っていた。最終段階の、想像に余る恐怖の数分間、クリッシーとニーナの小さな手を握っていたのは、ジョーの手ではなく、ミッシェルの手だった。

揺れがさらに激しくなった。あらゆる物品が空中を飛んだ。ペーパーバックの本、ラップトップのパソコン、ポケット計算機、皿——惨事が起こったとき、まだ夕食を食べ終えていない者がいたから——プラスチックのコップに、アルコールのミニボトル、鉛筆にペンなどなどが乗客たちの頭上を飛んで行った。

煙で咳き込みながら、ミッシェルは娘たちに言ったに違いない。

〈〝頭を下げなさい！　ひざの上の枕に顔を埋めるのよ！〟〉

愛くるしいあの顔。七歳のクリッシーは母親に似て頬骨が高く、緑色の澄んだ目をしていた。バレエのレッスンを受ける時の喜びに溢れたあの子の目を、ジョーは決して忘れないだろう。リトルリーグの子供野球に参加した時は、自分の打順が来ると、目を細めて意識を集中させていた。

まだ四歳のニーナは、ちょっとしし鼻のおチビちゃんで、目はサファイアのように青く、犬や猫を見るたびに顔をくしゃくしゃにして喜ぶ。動物が大好きだから、動物たちの方もよく彼女のところに寄って行く。その博愛ぶりは、まるでアッシジの聖フランチェスコの生まれ変わりかと思えるほどだ。小さな両手に包んだ醜いトカゲを愛しそうに見つめるその姿を目にすれば、この考えがあながちこじつけではないことが分かる。

〈〝頭を下げなさい！　ひざの上の枕に顔を埋めるのよ！〟〉

母親の命令は〝希望〟を意味していた。助かるはずだという前提があるからこそ、顔を傷つけないように保護しろというのだ。

恐怖の乱気流はさらに悪化した。落下角度が増し、ジョーは椅子にしがみつくしかなかった。だから、子供たちがやったように、前かがみになって顔をひざに埋めることもできなかった。

おそらく、酸素マスクが頭上から落ちてきていただろう。それとも、機体がすでに損傷していて、装置が働かず、酸素マスクが落ちてこないシートがあったかもしれない。ミッシェルやクリッシーやニーナたちがちゃんと呼吸できていたかどうかは分からない。もしかしたら、枕の中に顔を埋めながら、新鮮な空気を求めてハアハアと苦しがっていたのかもしれない。

さらに濃い煙が棚の隙間から漏れてきた。機内は、地中深い暗闇の炭坑のように、閉所恐怖を煽るちっぽけな空間に変わった。

機体の見えない所で、渦巻く炎が、動きだすヘビのようにとぐろを解いた。機体をコントロールできないまま墜落して行く恐怖は、いつ機内で燃え盛るかもしれない炎の恐怖で倍加された。

雷に打たれたような機体の揺れと同時に、各乗客にかかる重圧は耐えられないレベルにまで達していた。巨大な両翼はちぎれんばかりに揺れた。鋼鉄の骨組みは断末魔のけだもののように吠え、おそらく、小さな溶接部分は銃撃音を発して分解していっただろう。リベットのはずれる音さえ聞かせて。

〈バチン、バチン、バチン〉

ミッシェルもクリッシーも小さなニーナも、飛行機が空中分解して、自分たちは真っ暗闇の中に投げ出されるのだと思ったに違いない。その時は、シートがバラバラになり、三人は別れ別れになって、独りぼっちで死ぬしかないのだ。

それでも、747－400ジャンボジェット機は、設計の驚異であり、エンジニアリングの勝利であった。優れたデザインのもと、戦車のように強固に造られている機体は、油圧系統の原因不明の故障によりコントロールが利かないにもかかわらず、翼はちぎれなかったし、胴体も分解しなかった。プラット＆ホイットニーの強力エンジンは、うなり声を上げて、機体を地面に引き込む巨大な重力に抵抗していた。ネイションワイド353便は、とにかく航空機の原形を保ったまま、最終墜落体勢に入っていた。

ある時点で、ミッシェルは、もう駄目だと覚悟したに違いない。自分たちは地面に激突して死ぬのだと分かったはずだ。彼女の勇敢で私心のない性格からして考えられるのは、その時点で、子供たちのことに考えを切り替え、子供たちの気持ちを死の恐怖からそらしてやることに集中しただろう。息苦しい煙の中で、ニーナの方に体を寄せ、抱き締めた娘の耳元でささやいたはずだ。

〈〃大丈夫よ。みんな一緒だからね。愛しているわ。お母さんにしがみついていなさい。あなたは世界一の子供よ〃〉

激しく揺れながらコロラドの闇にどんどん落ちて行く機体の中で、心のこもった彼女の声にパニックの響きはなかった。ニーナの次には、クリッシーにも語りかけた。

〈〃大丈夫だからね。お母さんが一緒よ。ほら、お母さんの手をしっかり握って。あなたは本当にいい子よ。いつまでも一緒にいましょうね〃〉

フリーウェーの路肩に駐めたホンダの中で、ジョーは、妻の声を実際聞いたかのように思い浮かべることができた。そして、心の底から願った――娘たちが、あの強い母親の愛に包まれながら昇天したことを。娘たちがこの世で聞いた最後の音が、彼女たちを褒めたたえる母親の慈愛に満ちた言葉であったことを。

飛行機は、大音響と共に、コロラド平原の牧草地に激突した。その音は三十キロ四方にも届き、その辺り一帯に生息する全野鳥を空に羽ばたかせ、明け方のまどろみの中にいた近隣住人たちの目を覚まさせた。

車の中で、ジョー・カーペンターはくぐもった叫び声を上げながら、胸を痛撃されたような格好で体をくの字に折った。

目を覆うばかりの墜落現場の惨状だった。353便は瞬時にして、焦げてひん曲がった何千もの金属片に砕け、広い牧草地一面に散らばった。ジェット燃料から噴き出すオレンジ色の炎が牧草地の端の常緑樹を赤く燃やした。搭乗員を含む三百三十名は即死した。

ジョー・カーペンターに愛と思いやりを教えてくれたミッシェルは、この無慈悲の瞬間にこの世からいなくなった。七歳のバレリーナであり、野球選手のクリッシーは、もう二度と再び爪先でピルエットすることもないし、ベースを駆け抜けることもない。

幼いニーナが動物に示した愛情に応えるかのように、冷たいコロラドの夜の森や野原に棲むあらゆる動物が、そのとき巣の中で身を震わせた。

家族の中で、ジョー・カーペンター一人が取り残された。

彼は353便には乗っていなかった。搭乗していたすべての魂は、ハンマーで打ち砕かれるように、地上に叩きつけられた。もし彼も同乗していたら、すべての犠牲者たちと同様に、歯の治療記録とか、指紋採取可能な指からでしか当人であることが判別され得なかっただろう。

墜落時の光景が彼の脳裏を生々しくよぎるのは、熱に浮かされたたくましい想像力ゆえである。ジョーは発作が起きるたびにこの現象を経験する。妻や娘たちと一緒に死んでやれなかった罪の意識から、こうして自分を痛めつけ、家族が体験した恐怖をおのれにも課そうとするのだ。

衝突までのこの凄惨な疑似体験が、彼の神経障害の回復を困難なものにする。そればかりか、悪夢を見るたびに、傷口が塩でもまれるように痛む。

ジョーは目を開けて、目の前を飛ばして行く車の流れを見つめた。今、タイミングよくドアを開け、フリーウェーの中に飛び出して行けば、確実に死ねる。

しかし彼は、車の中にとどまった。死ぬのが怖かったわけではない。自分でも説明できない理由からだ。多分、とりあえずはもう少し生きて、もっと自分を罰しなければ、と思ったからだろう。

助手席の窓に当たっている夾竹桃の枝が、疾走する車の風に煽られて小うるさく窓を叩く。ガラスとの摩擦が立てるその音は、死者たちの嘆きのように物悲しく聞こえる。

ジョー・カーペンターの震えはすでに止まっていた。

顔を濡らしていた冷や汗も、ダッシュボードから送られてくる風でほとんど乾きかけていた。もう墜落の感覚も消えた。イメージの中の激突は終わった。

八月の気温とかげろうの中で、西の涼しい海に向かって行く乗用車やトラックが蜃気楼のように揺れて見える。ジョーは車の流れが途絶えるのを待って、走行車線に入り、新たな気持ちで海岸を目指した。

第三章

照りつける八月の太陽の下で、砂浜はまっ白に見えた。石ころや貝殻や微小な生物の死骸からなる砂の上を、心地よい潮風が吹いていく。

サンタモニカのビーチはいつもどおりにぎやかだった。肌を焼きに来た人たちもいれば、キャッキャッと何かのゲームに夢中になっている人たちや、マットの上でピクニックランチを広げている人たちもいる。おそらく、今日あたりの内陸部は焦げるように暑いだろう。だがここは、大平洋から涼しい風が吹き寄せて、暑さもほどほどだ。

ココナッツオイルを塗りたくった女の子たちのあいだを、ジョーは北に向かって歩いていた。寝そべっている者の何人かは、彼を不思議そうに見つめていた。なぜなら、彼の格好がビーチにはちょっとそぐわなかったからだ。白いTシャツに、茶色いコットンパンツ。それに、靴下を着けずにランニングシューズを履いていた。彼は肌を焼きに来たわけでも、泳ぎに来たわけでもない。

水面を見守るライフガードたちのお楽しみは、若い女の子たちのビキニ姿だ。彼女たちもライフガードにチラチラと目をやる。毎日同じことを繰り返していながら、お互いに見飽きることがないのは青春だからか。

子供たちが波とたわむれていた。その光景を、ジョーは正視できなかった。子供たちの笑い声や呼び合う声がジョーの神経を逆なでして、彼の体の中でくすぶる理屈にならない怒りを煽る。

ウレタンフォームのクーラーボックスとタオルを抱え、サンタモニカ湾に連なる明るいマラブの丘を見つめながら、ジョーは北の方角に向かって歩き続けた。ようやく座れそうな隙間を見つけると、そこにタオルを広げ、腰をおろして海と向かい合った。それから、クーラーボックスの底から冷えたビールを取り出した。

もし、このあいだまで住んでいた海の見える家を所有していなかったら、ジョーはとっくに水に飛び込んで命を絶っていただろう。灼熱の太陽の下であれ静かな月夜であれ、休むことなく押し寄せる波と、水平線まで見渡す限り広がるなめらかな水面は、心の平静さはもたらさないまでも、ボーッとした気分にはさせてくれる。

ジョーにとって、永遠とか神に一番近いのは、海の変わらないリズムである。

ビールを一杯引っかけて、大平洋の穏やかな水面を心ゆくまで眺めたら、墓地に行くだけの平静さは取り戻せるような気がした。妻と娘たちが埋められている土の上に立ち、彼女たちの名前を記した墓石にも触れることができるだろう。ジョーは今日こそ、いや毎日そうだ、墓の中に眠る家族に対して負い目を感じなくてはならない。

バギートランクスをはいた、十二、三歳の少年が二人、北の方角からのろのろと歩いて来て、ジョーが座っているタオルの前で立ち止まった。二人とも異常にやせていて、ヒップにはまるで筋肉がなかった。一人は長い髪の毛をうしろで束ね、もう一人は流行りのバズカットにしていた。二人ともまっ黒に日焼けしていた。海の方を向く少年たちの背中がジョーの視界をさえぎった。

そこをどいてくれないか、とジョーが言おうと思っていたとき、ポニーテールの少年が何かを言った。

「おじさん、何を売ってんの？」

ジョーは、少年がバズカットの仲間に呼びかけたのだと思って、何も答えなかった。

「何を売ってんの？」

少年は海の方を向いたまま、もう一度同じことを言った。

「ナンパしてんの？　それとも何か売ってんの？」

「ビールを持ってるだけだよ」

ジョーはいら立たしげにそう言うと、少年たちをよく見るため、サングラスをかけ直した。

「これは売り物じゃないんだ」

「へえ、そうなの？」

バズカットの少年が言った。

「でも、おじさんのことをヤクの売人だと思っているお兄ちゃんたちが二人ばかりいるよ」

「どこに？」

「顔を動かさないで」

ポニーテールの少年がジョーに背を向けたまま言った。

「おれたちが離れてから知らんぷりして見てよ。二人がおじさんを監視しているのを、おれたちは前から気づいていたんだ。サッらしいぜ。おじさんが気づかないなんてドジだね」

もう一人の少年がそれに答えるように言った。

「南に十五メートル、監視台の近くだよ。アロハシャツを着た、さえない二人連れさ。休暇に来た牧師っていう風体だな」

「一人は双眼鏡を持って、もう一人はトランシーバーを持ってるよ」

ジョーは当惑しながらも、サングラスを下げて言った。

「ありがとう」

「へーイ」

ポニーテールの少年が言った。

「これは単なる友情さ。おれたちは正義の味方ヅラする連中が大嫌いなんだ」

年端もいかない子供の口からこんなニヒルな言葉を聞くのは、なんとも妙な気分だった。バズカットの少年はさらに言った。

「体制クソ食らえだ！」

若虎気分の少年たちは南に向かって歩き始めた。途中、その傲慢そうな歩みを止めては、可愛らしい女の子たちの目星をつけていた。ジョーは二人の顔はほとんど見ていなかった。

そのあとすぐ、クーラーボックスのふたを開け、飲み干した缶を中に仕まいながら、何げなく南後方に目をやった。アロハシャツの二人の男が、監視台の向こう側に身を隠すように立っていた。

緑色っぽいシャツに白いコットンスラックスの、背の高い方の男は、双眼鏡をまっすぐこちらに向けていた。男はジョーに気づかれたと思ったのか、あわてて双眼鏡をそらし、ビキニ姿の女の子たちを観賞しているふりをした。

背の低い男の方は、赤とオレンジの混ざったシャツを着て、茶色いスラックスを足首までまくり、裸足だった。左手には、靴と靴下をぶら下げていた。右手に持っているのは小型ラジオにもCDプレーヤーにも見えたが、トランシーバーかもしれなかった。

背の大きい男の方は、皮膚病かと思えるほど日焼けしていた。髪の毛も焼けてブロンド化していた。背の低い男の方は逆に青っちょろい顔をしていて、ビーチには似つかわしくなかった。

ジョーはビールをもうひと缶開け、泡の匂いを嗅いでから、顔を再び海の方に向けた。

二人とも海岸行きをにわかに決めたのだろう、その格好は、ジョー同様に、ほかの者たちとは異質だった。〝サツくさい〟と少年たちは言っていたが、十四年間犯罪報道記者を務めた彼の鼻には、どう嗅いでみても警察関係者の臭いはしなかった。

いずれにしても、ジョーには、警察に追われるいわれはなかった。

天井知らずの犯罪率。レイプがロマンスの数ほどありふれてしまった昨今。盗難の頻繁さは、国民の半数が泥棒と思えるほどだ。こんな忙しいご時勢に、警察官が、禁酒の海岸でアルコールを飲む男を長時間見張っているとは思えない。

はるか上空から、白く輝く三羽のカモメが北の桟橋に向かって降下してきた。最初、海面すれすれに飛んでから、再び湾の上空へ舞い上がり、遠くの空へ羽ばたいて行った。

しばらくしてから、ジョーはもう一度監視台の方を振り返った。二人の男はいつの間にか、いなくなっていた。

ジョーは海の方に向き直った。

連なるうねりがゆっくりと押し寄せては、波打ちぎわで白く砕けていた。ジョーは、催眠術師が揺らす銀の鎖にぶら下がるペンダントを見つめる被験者のように、ただボーッとなって、砕ける波を見つめていた。

しかし、今日の彼は、波の催眠術にはかからなかった。苦しみは少しも和らがなかった。まるで恒星と惑星の関係のように、カレンダーがジョーを軌道に引き込んでいた。頭の中で今日の日付を繰り返す自分を、ジョーは止められなかった。

〈八月十五日、八月十五日、八月十五日〉

墜落の一周忌は圧倒的な力でジョーを打ちのめし、失ったものの大きさを思い知らせてくれた。

事故の調査が済み、遺体の各種検査が済んだあとでジョーのもとに返されたのは、妻と娘たちの体のほんの一部だった。密封された柩(ひつぎ)は、赤ん坊用の小さなものだった。ジョーはそれを、聖人の遺骨がおさめられた神聖な骨壺を預かるような神妙な気分で受け取った。

飛行機事故の惨状は分かっていても、また、死体が容赦のない炎で焼かれたことを知っていても、三人の体がこれほど小さくなってしまうとは、ジョーは信じられなくて、ひたすら情けなかった。あんなに大きくて、存在感のある三人だったのに!

三人のいない世界なんて、見知らぬ惑星と同じだった。ベッドから起きて二時間もしないと、自分がこの世に生きている人間だという実感が湧かなかった。いつか、この惑星がジョーを乗せずに二十四時間回転する日が来るのだろう。だが、今日のところ、彼はまだ生きている。

二本目の〝クアーズ〟を飲み干し、その空き缶をクーラーボックスに仕舞ってからも、彼はまだ墓地へ出かける気分にはなれなかった。だが、トイレにだけは行きたくなった。

ジョーは立ち上がって何げなくうしろを振り返ると、あの緑色のアロハシャツを着た、背の高いブロンドの男が目に入った。男は双眼鏡をどこへやったのか、今は手ぶらで、監視台のある南側ではなく、ジョーのいる所から二十メートルくらい離れた北側の砂浜に一人で腰をおろしていた。ジョーに見られないようにするためだろう、男は二組の集団の向こうに陣取っていた。一組はメキシコ人家族で、椅子を砂浜に持ち込み、黄色いストライプの大きなビーチパラソルを広げていた。もうひと組は、ブランケットの上に座る若い男女だった。

ジョーはさりげなさを装って、周囲を見回してみた。男たちはもしかしたら警察官なのかもしれない。背の低い、赤いシャツを着た男の方は視界の中にはいなかった。

緑のシャツの男は用心しているらしく、直接こちらを見るようなことはしなかった。まるで、耳が悪いか、周囲から聞こえてくる騒がしい音楽をブロックするかのように、片手で右耳を押さえていた。

その距離からでははっきりとは分からなかったが、男の唇が動いているようにジョーには見えた。視界にいないもう一人の男と通信しているらしかった。

クーラーボックスとタオルをそこに置いたまま、ジョーは公衆トイレのある南に向かって歩き始めた。振り返らなくても、男がこちらを見つめているのが分かった。

ジョーは歩きながら落ち着いて考えてみた。その結果、やはりビーチで飲酒しているのが咎（とが）められているのだろう、と結論した。これほど腐敗した社会だからこそ、微罪をきびしく取り締まって、社会にまだ規範が存在することを大衆に知らしめなければならないのかもしれない。

桟橋付近は、ジョーが海岸に来た時よりもにぎわっていた。アミューズメントセンター内では、ジェットコースターがうなり、ライダーたちの喚声がやかましかった。

彼はサングラスをはずしてから、人の出入りの激しい公衆トイレの中へ入って行った。

男性用のトイレは小便臭く、不潔っぽかった。便器と洗面台のあいだの床には、踏みつぶされた大きなゴキブリがまだ生きていて、方向感覚をなくしたらしく、同じ所をグルグル這い回っていた。みんなはそれをよけて通っていたが、中にはそれを面白がる者も、気味悪がる者もいた。

小便をし終え、手を洗う際、彼は目の前の鏡を使って、さっきの男はいないか周囲を見回した。十四歳ぐらいの、海水パンツにサンダル履き姿の少年が目に留まった。

少年がペーパータオルに手を伸ばしたとき、ジョーはすかさず彼のうしろに続き、小さな声で呼びかけた。

「サツくさい男が二人、トイレの外でおれのことを見張っているかもしれない」

少年はジョーと目を合わせたが、何も言わずにペーパータオルで手を拭いていた。

ジョーは持ちかけた。

「二十ドルやるから、連中がどこにいるか見てきてくれないか?」

少年の目は殴られたアザのように紫色で、その見上げる視線はパンチのように強烈だった。

「三十ドルならやるよ」

自分が子供の時は、とてもこんな目で大人の目をのぞけなかったし、ふっかけるなんて考えも及ばなかったろう。見知らぬ人にこんな話を持ちかけられたら、首を横に振り振り、あわてて逃げだすのが関の山だったに違いない。

「十五ドル前払い。おれが戻って来たら残りの十五ドル」

少年が言った。ジョーは使ったペーパータオルをゴミ箱に投げ捨てながら、交渉に応じた。

「前払いは十ドル。残りはきみが戻って来たときに払う」

「よし、決まった」

ジョーはポケットから財布を取り出して言った。

「一人は緑のアロハシャツを着たのっぽで、まっ赤に日焼けしていて金髪だ。もう一人は青っちょろい顔をしたチビで、赤っぽいアロハを着ている」

少年は視線をそらさずに、十ドル札を受け取った。

「これはエサじゃないんだろうな。本当はそんな男たちはいなくて、おれが戻って来たら、残りの二十ドルを渡す条件におれのことを便器の所に連れて行って、変なイタズラするんじゃないだろうね？」

ジョーは、自分がロリコンに見られるならまだしも、こんなことを臆面もなく口にする、すれっからし少年好きに見られたのが不快だった。

「引っかけっこなしだ」

「おれは裏切りは嫌いだからね」

「分かるよ」

二人のやり取りを何人かの男たちが聞いていたはずだが、興味を持つ者はいなかった。他人のことなどどうでもいい時代なのだ。

少年が行こうとするときに、ジョーはさらに言った。

「連中はトイレの前なんかにはいないと思うよ。どこか目立たないところでコソコソしているはずだ」

少年は答えずに、サンダルの音をタイルの床に響かせながら、トイレの出口へ向かって行った。

「前金だけかっさらって逃げたら、承知しないからな」

「分かってるよ」

少年はジョーを小馬鹿にするようにそう言うと、すぐいなくなった。

ジョーはアカで汚れた洗面台に戻り、酔っぱらいに見られないよう、冷たい水で顔を洗った。

トイレの洗面台の横では、二十代ぐらいの男が三人、まだグルグル動き回っているゴキブリを取り囲んでワイワイガヤガヤやっていた。ゴキブリは、直径三十センチぐらいの円周上を、昆虫の浅はかさで何度も何度も回っていた。男たちが騒いでいたのは、そのゴキブリが何秒で一周できるかという賭けのためだった。

ジョーは洗面台の上にかがんで、冷たい水をもう一度顔にかけた。アストリンゼンとクロラインの臭いがしたが、新鮮であるはずの冷たい水も、下水から吹き上げてくる不潔な臭いで爽快感はなかった。

換気の効いていないトイレだった。外よりも暑いトイレ内の空気は、小便の臭いと汗臭さが混じり、中で待っているうちにジョーは気分が悪くなってきた。

少年はなかなか戻って来なかった。

ジョーはさらに顔を水で濡らし、うす汚れた鏡で、水滴のしたたる自分の顔をあらためて見た。この一時間の日焼けで顔の表面は赤くなっていたが、どう見ても元気そうには見えなかった。目の色はいつもどおりグレーだ。かつては、磨いた鉄のように輝いていたこともあったが、今日の色は灰のように死んだグレーだ。しかも、白目の部分はまっ赤に充血している。

ゴキブリの即席ギャンブルに四人目の男が加わった。男は五十代半ばぐらいで、ほかの三人よりは三十歳も上だろうに、この馬鹿騒ぎに乗って仲間気分を楽しみたいらしかった。

彼らはトイレの出入りの邪魔だった。ゴキブリの動きがけいれんの様相を帯びてくると、男たちは笑い声を上げてさらに騒がしくなった。まるでゴールラインに向かって走るサラブレッドをけしかけるように、大声で叫んでいた。

「行け、行け、行け、行け、行け！」

男たちは、ゴキブリの触角が方向感覚のアンテナ役をするのだの、それで食べ物の匂いを感知するのだの、異性を誘うためにあるのだの、勝手なことを言い合っていた。

野卑な男たちの声を聞かないようにしながら、ジョーは鏡に映る自分の目をのぞいて、少年を偵察に送ることにした元々の理由をもう一度整理して考えてみた。もし、あの男たち二人が本当にこのおれを監視していたとしたら、それはおそらく人違いによるものだろう。その場合は、いずれ気がついて、自ら引き下がっていくはずだ。とにかく、連中と対峙したり、連中が何者か調べるのは、時間の無駄だし、愚かだ。

彼が海岸に来たのは、墓地へ行くための心の準備をしたかったからだ。永遠の海の変わらぬリズムで、まずは、自分の気を静めておきたかった。

波が岩を丸めるように、海は彼の心のトゲを和らげてくれる。海を見ていると、人生なんて、寄せては返す波とたいして変わらないのでは、と思えてくる。希望のない考え方かもしれないが、そう思った方が心は静まる。

もっと心を落ち着かせるために、あと一、二本飲む必要があった。そうすれば、海の教訓が体の中にいつまでも残り、安心して街を横切り、墓地へ行ける。

気晴らしは必要なかった。ぶらついて、何か面白いことを探す必要もなかった。彼にとって、人生はあの瞬間に面白みをなくしていた。静かなコロラドの牧草地が突然の大音響に包まれたあの夜以来、彼の人生はすべての意味をなくしていた。

聞き覚えのあるサンダルの音がタイルの床に響いた。少年が残りの二十ドルを受け取りにやって来た。

「のっぽの男はいなかったけど、もう一人のチビの方は確かにいたよ。日焼けしてない顔が赤くなっていたから、すぐに分かった」

ジョーのうしろで、賭けに勝った男たちが奇声を上げた。負けた男たちは、死んでいくゴキブリに毒づいていた。

少年は何ごとかと、うしろを振り向いた。

「そいつはどこにいた?」

ジョーは財布から二十ドル札を取り出しながら言った。

少年は、賭けの男たちにまだ気を取られている様子だった。

「ヤシの木がある所だよ。木の下では、やかましい韓国人たちがテーブルを広げてチェスをやってる。ここから二十メートルか三十メートル海岸の方へ行った所だよ」

壁の上部の曇りガラスから白い太陽光が射し込んでいたし、天井からは蛍光灯が照らしていたにもかかわらず、トイレの中の空気は酸化した霧のように黄色く見えた。

「こっちを向きなさい！」

ジョーに言われても、少年はゴキブリの方に気を取られていた。

「こっちを向くんだ！」

ジョーの怒った声に、少年はびっくりしてこちらを向いた。それから、例の大人を敵視したような紫色の目の焦点を二十ドル札に合わせた。

「きみが見た男はアロハシャツを着ていたのかい？」

「緑じゃなくて、赤っぽいシャツだろ？　そのとおりだよ」

「どんなズボンをはいていた？」

「ズボンだって？」

「そうだよ。ズボンだ。きみが本当に見たんなら言えるだろ？」

「おっさんよ、おれがなぜそんなこと知らなきゃいけないんだ？　ショーツかもしれないし、パンツかもしれねえ」

「どっちなんだ？　言ってみろよ」

「白だったか茶色だったか、よく覚えてねえよ。なんだ、ファッションレポートをさせられるとは知らなかった。そのチビな男はよそ見しながらあそこに立っていたんだ。片手に靴をぶら下げてね。靴下もその靴の中に入れてたよ」

ジョーが前に見た男と同一人物だ。

賭けの男たちの騒ぎはまだ続いていた。勝った男の笑い声に、賭け金を払う側の恨み言。あまりのうるささに、ジョーは目の前の鏡が揺れて壊れるのではと思った。

「その男は韓国人たちのチェスを見ていたのかい？　それともそれは、見ているふりをしているだけのようだったかな？」

「いや、クリームパイに話しかけながら、トイレの方を見ていた」

「クリームパイだって？」

「ハイレグを着たゴージャスな二人組の姉ちゃんたちだよ。おっさんも見てみたらいいよ。グリーンのハイレグを着た赤毛はすごかったぜ。十点満点で十二点ぐらいだ。一度見たら、目を離せなくなるよ、おっさん」

「その男は、そんなすごいのに話しかけていたのか？」

「どういうつもりでやってんのか、おれは知らねえ」

少年は言った。

「だけど、あんな負け犬みたいな男に、あの美人の売女たちがかまうわけねえよ」

「〝売女〟って呼ぶのはよせ」

ジョーは少年をたしなめた。

「何だって？」

「その人たちは売女じゃなくて、女性なんだ」

少年の怒りの目の中で、飛び出しナイフの刃のように何かが光った。

「ヘイ、おっさん。おっさんはいったい何者なんだい？　ローマ法王なのか？」

酸化した黄色い空気はますます濃くなって、ジョーは自分の皮膚が浸食されるような気がしてきた。

トイレを流す〝ザーッ〟という音が胃のむかつきを誘う。ジョーは今にももどしそうだった。

少年に向かって言った。

「どんな女性たちだった？」

今までよりもさらに厳しい目でジョーをにらみながら、少年は言った。

「最高。特に赤毛の方は。だけど、ブルネットの方もかなりの美人だよ。耳が不自由なのかもしれないけど、ガラスのかけらの上を這ってでも手に入れたくなる女さ」

「耳が不自由？」

「そうだよ。そう見えたけどね」

「補聴器みたいなものを、具合が悪いらしくて、何度もつけ直していた。本当に可愛らしい売女だよ」

少年よりジョーの方が十五センチも背が高く、体重差は二十キロもありそうだったが、ジョーは少年の喉くびをわしづかみにして、二度と再び〝売女〟なんて言わないと少年が誓うまで締め上げてやりたかった。こういう言葉を接続詞のように使っていると、それが口ぐせになって、相手ばかりでなく自分をも傷つけ、社会全体のレベルを落としてしまうのだ。

ジョーは自分の怒りの激しさに自身で驚いていた。歯はカチカチと鳴り、首やこめかみの動脈がピクピクと脈打つのが分かった。毛細血管の収縮で、視界もせばまった。胃のむかつきはさっきよりひどくなった。ジョーは自分を落ち着かせるため、大きく息を吸い込んだ。

少年はジョーの目の中に何かを見たのだろう。急に口をつぐみ、反抗的な態度を和らげて、もう一度ギャンブラーたちの方へ視線をそらした。

「おれの二十ドル、早くくれよ」

ジョーは札を渡さなかった。

「きみのお父さんはどこにいるんだ？」

「そんなこと知らねえよ」

「きみのお母さんは？」

「そんなこと、おっさんには関係ねえだろ」

「二人ともどこにいるんだ？」

「連中には連中の生活があるのさ」

ジョーの怒りは絶望に変わった。

「きみの名前は？」

「なんだって言うんだよ？　おれのことを、一人で海岸へ来てはいけない赤ん坊だと思っているのか？　ざけんなよ。おれには、自分の好きな所に行く権利があるんだ」

「好きな所には行けても、居る場所がないんだな？」

少年は再びジョーをにらんだ。その怒れる目に垣間見えたのは、傷心と深い孤独の影だった。楽しかるべき十四歳の少年がこれほどすさんでいることに、ジョーはショックを受けた。

「〝居場所がない〟ってどういう意味だい？」

思いがけないやり取りで、大人と子供が妙なからみ合いになった。彼にとっても、この怒れる少年にとっても、心のドアを開くチャンスでもあった。もし、このからみ合いを上手に利用したら、二人のこれからがそれぞれいい方向に向くような気がした。しかし、ジョー自身の人生がすでにからっぽになっていた――フィロソフィーの蓄えは使い果たされていた――その辺に転げているからっぽの貝のように、他人に分け与えられるような信念も知恵も希望もなかった。自分がどう生きていいか分からない人間が、どうして他人の世話などできる？

彼は道に迷った人間であり、迷える者に他人を導くことはできない。

魔法の瞬間は過ぎ去った。少年は二十ドル札をジョーの手から引ったくった。そのとき少年が顔に浮かべたのは、笑みというよりはうすら笑いだった。少年は軽蔑した口調で、ジョーの言葉を口真似した。

「彼女たちは〝売女〟じゃなくて女性なんだよ」

少年は、ジョーから少し離れてから言い返した。

「おっさんもやってみれば分かるよ。みんな売女だって」

「人間は犬じゃないんだぞ」

ジョーは言い返したが、少年はすでにトイレからいなくなっていた。

ジョーは二度も手を洗ったのに、まだ汚れているような気がした。洗面台の所に行こうとしたが、賭けの男たちが邪魔でなかなかたどり着けなかった。ギャンブラーの数は六人に増えていた。遠巻きにして見ている男たちもいる。

トイレ内は、人混みでうだるように暑く、ジョーは汗でびっしょりだった。黄色い空気で鼻の穴が焼け、ひと息吸うごとに胸が腐っていくような気がした。目もチカチカしていた。そのために、鏡は曇り、そこに映る賭けに興じる男たちの姿が、血と肉でできた人間ではなく、屠殺場の激水したたる窓から垣間見える解体された家畜の死骸にも見えた。

熱に浮かされたようなギャンブラーたちは、ゴキブリを怒鳴りつけては、手にした札びらを床に投げつけている。彼らの叫び声は混じり合って犬の遠吠えにも聞こえ、さらにピッチを上げて、ガラスを引っかく〝キーッ〟という音にまで聞こえだした。音はジョーの脳を突き破り、骨の髄を怪しく揺らした。

ジョーはいきなり男たちの中に割って入ると、片足でゴキブリを踏みつぶした。

その場が一瞬静まり返った。ジョーは、自分の神経を逆なでする音の記憶を振り払うように、首を振り振り男たちから離れ、出口へ急いだ。早くその場から離れないと、自分が爆発しそうだった。

ギャンブラーの一人が、麻痺したような沈黙を破ると、男たちはいっせいに怒りの声を上げた。教会によたれ込んで来た街の酔っぱらいがゲェゲェやって祭壇を汚したら、信者たちはさぞ怒りまくるだろう。ギャンブラーたちの怒鳴り声は、それと同じ種類の正当性を主張していた。

ギャンブラーの一人、油っこいハムの厚切りのような日焼けした顔に、乾いてひびの入った唇をした男が、いきなりジョーの肩をつかみ、彼を振り回した。そして、タバコのヤニで黄色くなった歯を見せて怒鳴った。

「なんのつもりだ、てめえ!」

「放せ!」

「おれは賭け金を集めるとこだったんだぞ」

男の手は汗でぬるぬるしていた。だから、滑らないよう、その武骨な爪をジョーの皮膚に食い込ませていた。

「放せ!」

「賭け金を集めるとこだったんだ」

男は同じ言葉を繰り返した。そのゆがめた口からも、彼が相当頭に血をのぼらせているのが分かった。日焼けでできた唇のひびからは、血が滲んでいた。

ジョーは男の手首をつかみ、その不潔そうな指の一本を逆方向にねじ曲げた。思わぬ逆襲に、男は「痛え！」と悲鳴を上げ、目を大きく見開いてたじろいだ。ジョーはさらに、つかんだ男の片腕をねじ曲げ、うしろから突き飛ばして、男の顔をブースのドアに叩きつけた。

サンダルの少年とやり合っていたときに燃え始めた怒りは、いったんは絶望に変質したはずなのに、今また怒りの炎となって燃え盛りだした。ジョーが生まれて初めて見せるような激しい怒り方だった。しかし、ささいなことでこんなに怒るのはどう考えてもおかしかった。男たちの無神経さがどうしてこれほど癇に障ったのか考える前に、ジョーは男の顔を二度三度とドアに叩きつけていた。

それでも怒りは消えなかった。血管の収縮で視界がせばまる中、千匹の猿がジャングルの中をとび跳ねるような野蛮な狂気をたぎらせながらも、ジョーは自分が常軌を逸しているのに気づいた。手を放すと、男は便器の前の床に倒れた。

己れの怒りに対する恐れで身を震わせながら、ジョーは後ずさりした。しかし、背中が洗面台にぶつかって、それ以上はさがれなくなった。

ほかの男たちは遠巻きにして成り行きを眺めていた。誰も何も言わなかった。

床には、男が、集金した一ドル札や五ドル札が散らばる上にあお向けになって横たわっていた。あごは唇からの血で赤く染まり、床に打ちつけたとき痛めた顔の側面を片方の手が覆っていた。男はあえぎながら言った。

「たかがゴキブリなのに、なんだって言うんだ。たかがゴキブリだぞ！」

ジョーはすまなかったと言いたかったが、口から言葉が出てこなかった。

「もう少しで鼻が折れるところだったぞ。ゴキブリ一匹のために鼻を折られたんじゃ合わねえよ」

どうせよそでも同じようなことをやっていそうなこの男に対してすまないという気持ちよりも、ジョーは自分自身に対して情けなかった。こんな男たちと取っ組み合うほどうらぶれてしまった今の自分。妻や娘たちの思い出を汚すような不名誉な行為。それを分かっていながら、ジョーは謝罪の言葉を口にできなかった。自己嫌悪と、不衛生な空気に息を詰まらせながら、ジョーはうす汚れたトイレの建物から海風の吹く外へ出た。しかし、外の空気に当たっても、彼の気分はリフレッシュしなかった。まるで世界中がトイレ化してしまったかのように、外の空気も汚れて感じられた。

熱い日差しにもかかわらず、ジョーはブルッと震えた。良心の呵責で、冷たい渦巻きが胸の中でゆるみ始めたからだ。

照りつける太陽も砂の熱さも忘れて、自分のタオルとクーラーボックスの置いてある所に戻りながら、ジョーはアロハシャツの男のことを思いだした。それでも、立ち止まったり振り返ったりはせず、砂浜をただまっすぐ歩き続けた。

彼の行動を監視させている張本人が誰かなど、ジョーにはもう関心がなかった。本当に監視されているかどうかもまだ定かではないのだ。自分が警察のお尋ね者になるなど、想像もできないことだった。もしアロハシャツの連中が警察官だとしたら、人違いをして気づかないドジな連中と言うしかない。いずれにしても、ジョーの生活には関係のないことだ。もしあの二人連れの少年たちが教えてくれなければ、何も気づかずに済んだことなのかもしれない。警察はいずれ間違いに気づいて、本当のお尋ね者を捜し出すだろう。連中などクソ食らえだ！

ジョーがタオルを敷いた辺りの砂浜はしだいに混み始めていた。荷物をまとめて引き揚げようとも思ったが、彼はまだ墓地に出かける心の準備ができていなかった。さっきの公衆トイレでの一件で、体中のアドレナリン補給管のコックが開き、ビール二缶分のせっかくのほろ酔い気分が吹き飛んでしまっていた。

そんなわけで、彼はタオルの上に座り込むと、クーラーボックスに手を突っ込み、ビールではなく、半月形の氷を取り出して、それを額に当てながら、再び海と向き合った。

風に吹かれてできる灰色がかった緑の三角波は、どこまでも続く機械の回転するギアで、その上を、太陽の反射光が、配電盤に流れる電流のようにピカピカと光りながら行ったり来たりする。寄せては返す波の動きは、エンジンのピストンの往復のように単調だ。海は、何の目的もなくその存在のために動き続ける巨大な機械である。大勢の詩人を生み、かつ魅了し続けてきたが、本当は人間の情熱も、痛みも、希望も知らないのだ。

この冷たい創造の機械をそのまま受け入れなければならないのだ、とジョーは思った。なぜなら、心を持たない機械に文句をつけてもしょうがないからだ。時間が過ぎて行くからといって、時計を叱るわけにいかない。死刑執行人の帽子になったからといって、その布を織った織り子を責めることはできない。人間の生死に無関心な宇宙のメカニズムを甘受したとき、ジョーは初めて心が休まるような気がした。

こういう考え方は現実逃避であり、人間の温かい心に冷や水をかけるものである。しかし、ジョーがいま望むのは、苦痛を終わらせることであり、悪夢のない夜を送ることであり、嘆きから自分を解放することである。

二人連れがやって来て、彼の北側五、六メートルのところに白いビーチマットを広げた。一人は目を見張るような赤毛の美女で、ストリップ劇場に出演できそうなハイレグのビキニを着ていた。ビキニの色は緑だった。もう一人はブルネットで、連れに負けず劣らずに美人だった。

赤毛の方は髪をピキシーカットに短く切っていた。ブルネットの方は長髪で、耳にしている通信機をそれでうまく隠していた。

二十代の女性にしては、彼女たちは子供っぽくはしゃぎすぎていた。あれだけ騒げば、美人でなくても人の注目は集めただろう。代わるがわる背中を向けては、日焼けオイルを塗り合っている。そのけだるそうな光景は、アダルトビデオのオープニングのように、海岸の鼻の下を長くした男たちの興味を引いていた。

敵の戦術は見え見えだった。こんな格好の若い女性の二人連れを誰が捜査官と疑うだろう？その点、アロハシャツの男たちとは正反対だ。もし、三十ドルを払ってやった少年が助平根性を発揮してくれていなかったら、ジョーは連中の術中にはまっていただろう。

こんがり焼けた長い脚に、深い胸の谷間、引き締まった尻。二人は、ジョーを魅了して、話に誘い込む作戦なのかもしれない。それが彼女たちの役目だとしたら、気の毒だが、二人はどんなに努力しても失敗するしかない。

この一年、ジョーが抱くエロティックな空想や考えは、たとえ彼を動かすにしても、それは本当に瞬間のことだった。そんなとき、彼はたちまちミッシェルの強烈な思い出に囚われる。彼女の類いまれなほど完璧な体つきと、悦びを追求する際限のない情熱に。

続いてジョーをおそうのは、コロラドの夜空からのあの恐ろしい墜落の記憶だ。煙と、炎と、死。希望は、圧倒的な喪失の溶液でたちまち溶かされてしまう。

ジョーは確かに彼女たちに気を散らされたが、それは自分が人違いされているのを迷惑がってのことにすぎなかった。行って、二人に人違いだと教えてやろうかと思った。だが、トイレでの興奮がまだ冷めやらぬ今、二人に面と向かったときの自分に自信が持てなかった。腹を立てて我を失うのはもう嫌だった。

今日まで一年間も我慢してきたのだ。

思い出と、墓石に刻まれた三人の名前。

ジョーはすべてに耐えて、そこへ行かなければならない。

うねりは波打ちぎわで砕け、泡となって沖へ戻って行く。次のうねりがまた砕ける。打ち寄せる波をじっと見ているうち、ジョーの気持ちはしだいにおさまっていった。

三十分もすると、ビールをもう一本飲まなくても墓地に向かえる気持ちになっていた。

ジョーは砂をふるい落としてから、タオルを二つに折り、それを固く巻くと、クーラーボックスを持ち上げた。

海風のように優しい仕草で、夏の日差しのように開けっ広げに、ビキニの美女たちは、ナンパにやって来たホルモン過剰の青年二人組に夢中になっているようなふりをしていた。二人に話しかけてきたプレイボーイたちはこれまでに何組もいたが、いま話し込んでいる二人連れはその最後の組だった。

ジョーはサングラスをかけていたので、視線を隠すことができた。それで美女たちの動きをよく観察した。青年たちに対する彼女たちの関心は偽物だった。笑ったり、おしゃべりしたりはしていたが、その間彼女たちはチラチラとジョーの方を盗み見していた。

ジョーはその場から去るとき、振り返りもしなかった。靴の中に砂を持ち運んで来たように、ジョーは、海の無関心さを心の中に持ち続けようとした。

それでも、警察のどんな部署があんな美女たちを動員できるのかと不思議に思う気持ちを止められなかった。彼は仕事柄、映画スターにでもなれそうな美人でセクシーな婦人警察官がいるのも知っている。しかし、さっきの赤毛とその連れは、人形のモデルにもなれそうなほどすごい玉だった。

駐車場に着いたとき、アロハシャツの男たちが見張っているものと、ジョーは半ば期待していた。見張っているとしたら、どこかに隠れてこちらをうかがっているに違いなかった。

ジョーは車を駐車場から出すと、パシフィックコースト・ハイウェーを右に折れた。バックミラーで確認したが、尾行されている様子はなかった。

きっと、自分たちの誤りに気づいて、今頃は血まなこになって本当のお尋ね者を捜しているのかもしれない。

ウイルシャー大通りからサンディエゴ・フリーウェーに入り、北へ向かった。ヴェンチュラー・フリーウェーに出て東に向かうと、涼しい海風は消え、灼熱のサンフェルナンド・バレーに入る。

八月の焼けるような太陽の下で、この辺りの郊外は炉で煮立てられる鍋のように熱そうに見える。

三百エーカーに及ぶ低い凹凸の丘と、それらにはさまれた浅い谷、それに、広々とした芝生の平面が墓地を形作る死者の街――曲がりくねった細い道路で上手に囲われたここは、死んだ者たちのロサンゼルスである。有名な俳優も、名もないセールスマンも、この辺りに住む人間はいずれ皆ここに埋められる。ロックスターの墓石も、新聞記者の家族の墓石も、死人の世界のデモクラシーよろしく、隣り合わせで敷かれている。

ジョーは、埋葬式の最中の二つの集団を通り過ぎた。歩道に沿って、何台もの車が駐められている。芝生の上にはいろんな種類の椅子が並べられ、墓地の盛り上がった土の上には緑色の防水シートが掛けられている。式に参列している家族や縁者たちはそれぞれの埋葬場所の前に肩を丸めて立ち、黒いドレスやスーツで息苦しそうにしながら、照りつける太陽の熱と、悲しみと、人の命のはかなさにうち沈んでいる。

墓地には、地下の納骨堂や、低い塀で囲まれた特定家族用の区画もあるが、よくある御影石の林立や、垂直に立つ記念碑などは見当たらない。愛する家族たちを埋めるのに、巨大な霊廟の壁の隙間を選ぶ者もいれば、広々とした地面を希望する者もいる。

ジョーは、ミッシェルと娘たちの永眠場所を、松と月桂樹が散生するゆるやかな丘の上に選んでいた。こんなに暑くない日には、リスが草むらを走り回り、薄暮には野ウサギも出没する。霊廟の近くよりも、木々の枝を揺らすそよ風が聞こえるここの方が、妻も娘たちも喜ぶに違いないとジョーが信じて選んだ場所である。

二つ目の埋葬式をかなり過ぎてから、ジョーは車を歩道に寄せて止め、エンジンを切ってから外に出た。四十度近い気温の中で、車の横に立ち、最終目的地へ向かう勇気が出るのを待った。

ゆるやかな坂を上り始めても、彼は前方の墓に目をやろうとしなかった。もし、遠くからでも彼女たちの埋められている場所が見えたら、そこに近づくことがどれほどつらいものになるか。もしかしたら、背を向けて逃げだすかもしれない。

あれから丸一年経った今でも、ここに来るたびに胸が押しつぶされる。墓参りに来るというよりも、死体置き場に置かれた無惨な死骸を見に来る気がしてならなかった。この苦しみが消えるまでにあと何年かかるだろうかと思いながら、彼は坂を上り続けた。暑さの中で肩を落とし、うなだれ、地面だけを見ながら黙々と歩いた。その姿は、家路につく老いぼれた馬が、歩き慣れた長い道をたどるのに似ていた。

そんなわけで、ジョーがその女に気づいたのは、つい三、四メートル手前に来てからだつた。

彼はびっくりして立ち止まった。

その女は日差しを避け、松の木陰の中に立っていた。背中を半分こちらに向け、ポラロイドカメラで、埋葬された者の名を彫り込んだ墓石の上の金属板を撮影していた。

「あなたは誰ですか？」

ジョーは尋ねたが、その女は気づかない様子だった。ジョーの声が小さかったか、彼女が撮影に夢中になっていたためだろう。

ジョーはさらに近寄って言った。

「ここで何をしてるんですか？」

女がびっくりしてこちらを向き、ジョーと面と向き合う形になった。

百五十五センチくらいの、むしろ小柄で可愛らしい感じの女性だったが、スポーツ選手のように敏しょうそうにも見えた。それよりも印象的だったのは、その全身から発するインパクトだった。身長や外観を超えた何かが彼女をただ者ではない人間に見せていた。ジーンズに黄色いコットンブラウスの装いだったが、その下に強力な磁石のベストでも着ていそうな吸引力があった。肌はミルクチョコレート色だった。大きな目はエスプレッソのようなこげ茶色で、その表情を読むのは、茶葉の効きめを予告するより困難だった。目がアーモンド形なのは、アジア人の血が混じっていることを表わしていた。髪の毛はアフロキンキイなどではなく、フェザーカットのストレートで、つやがあるため青みがかって見えた。この点でもアジア人的だった。骨格のつくりはアフリカ系とはまるで違っていた。眉はスムーズで長く、高い頬骨は繊細だがパワフルな感じを与え、プライドの高そうな顔つきだが、どちらかと言えば美人だった。ジョーよりも五歳ぐらい年上の四十代そこそこぐらいにも見えたが、その善良そうな目と、子供みたいに純真そうな表情が、彼女をジョーよりも年下に見せていた。

「あなたは誰で、ここで何してるんですか？」

ジョーは同じ質問を繰り返した。

話そうとして開いた彼女の口から言葉は出てこなかった。女はただびっくりして、幽霊でも見るような目でジョーを見つめていた。それから、彼女は片腕を伸ばし、ジョーの頬をそっとなでた。ジョーはなぜか顔をどけなかった。

最初彼は、彼女の目の中にあるのは驚きの表情だと思っていた。だが、頬を触ってきたその手のあまりの優しさに、もう一度彼女の顔を見直して、それはカン違いだと分かった。彼女の目にあったのは驚きではなく、悲しみと憐れみだった。

「まだお話できる時期ではありません」

彼女の声は柔らかくて、音楽を聞いているようにさわやかだった。

「なぜ写真なんか撮ってるんですか……墓石の写真なんかどうして……？」

「わたしはじきに戻って来ます。絶望してはいけません。今に分かりますよ。あなたにもみんなにも」

女の超現実的な雰囲気と不思議な話に、彼女は幽霊だとジョーは半ば本気で思った。そう言えば、彼女の手の感触も人間とは思えないくらい優しかった。

そうは言っても、女の存在は幽霊にしてはパワフルすぎた。小柄なのにダイナミック。その辺の何に劣らず現実的である。空や木や八月の太陽同様に現実的だ。

むしろ、その存在感が強烈すぎて、そこに立っているだけにもかかわらず、彼女がジョーの方に近づいて来るようにも見え、ジョーよりも二十五センチも低そうなのに、見上げるほど大きく見えた。松の木陰にいるはずの彼女が、日差しに照らされているジョーよりも明るく輝いていた。

「どういうふうに現実に立ち向かっているの？」

女に尋ねられて、ジョーはまごついた。適切に答えられずに、ただ首を横に振った。

「あまりよくできていないのね？」

女はそうささやいた。ジョーは彼女の向こう側にある御影石と銅板の墓石を見下ろした。すると、遠くから自分の声が聞こえるような気がした。

〈もう永久に元には戻れないんだ……〉

そのささやきは、妻や娘たちのことを指しているだけでなく、自分のことを言っていた。

ジョーが視線を女の上に戻すと、彼女は彼を通り越して、どこか遠くを見つめていた。そのとき、猛スピードで走る車のエンジン音が聞こえてきた。彼女の目の端に心配そうな表情が浮かび、額にはシワが寄った。

何が問題なのかと、ジョーは振り返ってみた。道路づたいに視線を這わせていくと、白いフォードのバンが制限速度を超える猛スピードでこちらに向かって突っ走って来るのが見えた。

「ヤツらだわ！」

女の口調はいまいましそうだった。

ジョーが女の方に向き直ったとき、彼女はすでに背中をこちらに向けて駆けだしていた。斜面をどんどん上り、丘の頂上を目指しているようだった。

「ヘーイ、ちょっと待って！」

ジョーは女を呼び止めようとした。しかし、彼女は止まりも振り向きもしなかった。

ジョーはあとを追い始めたが、彼女の体力にはかないそうもなかった。女は走ることに慣れているようだった。少し走っただけで、ジョーは足を止めた。蒸し暑さの中で呼吸も苦しかった。いくら頑張っても、彼女に追いつくのは無理のようだった。

日の光をフロントガラスとヘッドライトに反射させながら、白いバンがジョーの前を勢いよく過ぎて行った。バンはすぐに、墓地の細道を逃げて行く女と並行になった。

ジョーは斜面を下って自分の車の方へ走った。といって、何をすると決めたわけではなかった。とにかく、成り行きを追ってみようと思った。いったい何がどうなっているのか知りたかった。

ホンダを駐めておいた場所の二十メートル後方から、急ブレーキをかける音が聞こえた。ジョーが振り返って見ると、白いバンが、タイヤをきしませて止まるところだった。前の両側のドアが同時に開いたかと思うと、アロハシャツの男たちが飛び出してきた。二人は女をはさみ撃ちする形で追いかけ始めた。

ジョーは驚いて体の動きを止めた。サンタモニカからここに来るまでのあいだ、白いバンはおろか、どんな車にもつけられていなかったはずだ。それだけははっきりと言えた。

アロハシャツの男たちは、なぜか彼が墓地に来るのを知っていたらしい。

ところが今、アロハの男たちはジョーのことなどかまわず、猟犬のように女のあとを追っている。ということは、彼をお尋ね者として見張っていたのではなく、今日中に女がジョーにコンタクトしてくると読んで、張り込みをしていたことになる。

そうだ。あの連中が追っていたのはあの女だったのだ！

そのために連中は、ジョーの動きをアパートの近くで監視していたに違いない。そして、アパートから海岸まで尾行したのだろう。ジョーはゾッとした。

連中は、ジョーが気づいてからずっと見張っている。見張りは、もしかしたら、一週間前から続けられていたのかもしれない。しかし、ここのところのジョーは夢遊病者のように四六時中ボーッとしているし、表面しか見ようとしないから、男たちの不自然な行動も、今の彼の狭くて浅い視界には入ってこなかったのだろう。

〈あの女はいったい誰で、男たちは何者なのだ？　それにしても、彼女はなぜ墓石の写真など撮っていたのだろう？〉

丘の上の方、東へ三十メートルぐらい離れた所で、女は、都合よく生い茂った松の枝葉のあいだを見え隠れしながら逃げていた。墓地を覆うように生えている草のあちこちが、太陽に照らされて光っていた。女の薄茶色の皮膚は木陰に紛れて目立たなかったが、黄色いブラウスが、着ている本人を裏切っていた。

女は墓地の地形に明るいらしく、ある丘の一点を目指して進んでいた。辺りに駐まっていた車がジョーのホンダと白いバンだけなところから見ると、彼女はいま逃げている道を通って、徒歩で墓地に入って来たらしい。

男たちと彼女のあいだには、まだかなりの距離があった。緑色のシャツを着たのっぽの方が相棒よりも元気で、女よりも足が長かったから、その距離はしだいに詰まっていた。背の低い男の方は何度も転びながらも、あきらめる様子を見せなかった。半狂乱になって、照り返す斜面を這い上がり、墓石に足をつまずかせては起き上がって、追跡を続けていた。まるで、女が捕まった時そこにいなければ、獲物の分け前にありつけない肉食動物のような、本能的な走り方だった。

墓地として使われている丘は草木がよく手入れされていたが、自然のままに放置されている区画もあった。その部分の丘では、白い砂地がむき出しになったり、枯れ草の混ざる雑草が生い茂り、所どころにカシの大木がそびえていた。

その先は、不毛の荒れ地が、グリフィス天文台付近の未開地にまで続く。ロサンゼルス動物園の東に当たる辺りだ。ガラガラヘビが生息するままの、際限なく広がる大都会の中の砂漠である。

女が、捕まる前に砂漠に足を踏み入れていれば、砂漠には藪があるから、そこをジグザグに駆け下りれば多分逃げ切れるだろう。

ジョーは乗り捨てられている白いバンに近づいて行った。男たちについて何か分かるかもしれない、と思ったからだ。

どうしてそう感じるのか、理由は定かでなかったが、ジョーは女が捕まらないことを願った。彼にいま考えられるのは、女が何かとんでもない犯罪の仲間で、その秘密をばらそうとして追われているのではないかということぐらいだった。もっとも、彼女は犯罪人の仲間には見えなかったし、その気配すらなかった。しかしながら、ここは、育ちの良さそうな若者が両親をあっさり撃ち殺し、引き出された法廷では、孤児になったのだからと涙ながらに寛大な判決をと訴えるロサンゼルスなのである。人は見かけによらないのだ。

でもやはり……頬に触れたあの優しい指先や、目にたたえた悲しみ、声の柔らかさなど、どこからどう見ても、人間らしい心を持った女だと考えられる。司法機関に追われる身であろうとなかろうと、ジョーは彼女に味方したかった。

不吉な衝撃音が辺りの静けさを破って墓地中に響いた。男たちがピストルをぶっ放したらしい。しばらくしてから、もう一度響いた。

女はほぼ丘の頂上まで上りつめていた。その姿が松の木々のあいだから見えた。ブルージーンズに黄色いブラウス、マラソンランナーのように脚を伸ばし、両手を振って走っていた。

赤とオレンジ色のシャツを着た背の低い方の男は、まだよたりながら仲間のあとを追っていた。その彼が急に立ち止まり、前方を見極めながら射撃の構えを作った。手にはピストルを握っていた。

〈あのヤロー、本気でぶっ放すつもりだ〉

あまりの展開に、ジョーは足がガタガタと震えた。

しかし、警察なら、素手の人間に対して発砲などしないものである。もっとも、それは正しい警察官の場合だが。

ジョーはなんとかしてやりたかった。が、思いつく手立てがなかった。もしあの男たちが警察官なら、公務執行妨害罪になるから手出しはできない。そして、もし連中が警察官でないなら、ジョーであれ誰であれ、干渉してくる邪魔者を撃ち倒すだろう。

〝バーン〟

女は頂上に着いた。

〈行け!〉

ジョーは頭の中で声援を送った。

〈行け！　行くんだ！〉

ジョーはポケットにも車の中にも携帯電話を持ち合わせていなかったから、９１１に電話することはできなかった。記者をしていた時は必ず持ち歩いていたものだが、最近の彼は、家の電話もほとんど使わないほど誰とも話さなくなってしまっていた。

ピストルの音がまた響いて、ジョーの気持ちを暗くした。

あの男たちが警察官でないなら、相当頭がおかしくなっているとしか思えない。ここは人通りがないとはいえ、公共の墓地である。こんな所でやたらにぶっ放すのは、よっぽどあせっているからだろう。ピストルの音は管理人の耳にも届くはずだから、鉄の表門を閉められたら車で逃走できなくなる恐れがあるのに、そんなことの計算もしていない。

弾は女には命中しなかったらしく、彼女の走る後ろ姿が丘の頂上からしだいに見えなくなった。

アロハシャツの男たちもそのあとを追って、見えなくなった。

第四章

心臓の鼓動が激しすぎて、そのひと打ちごとにジョーの視界はぼやけた。

白いバンに近寄り、中をのぞいてみた。バンは〝アウトドア用〟ではなく、商品配達用の普通のバンだった。しかし、側面にもうしろにも、会社名やロゴは表示されていなかった。

エンジンはかけっ放しにしてあり、運転席、助手席両側のドアが開いていた。

ジョーはスプリンクラーで濡れた草で足を滑らせながら助手席のドアに駆け寄り、車の中に首を突っ込んだ。携帯電話を探すためだった。もし車の中にあったとしても、きっとどこかに仕まわれているのだろう。

　グローブボックスの中かもしれない。ジョーはそのふたをパタンと開けた。

　荷台にまだ誰かいたとは知らなかった。男はジョーを仲間とカン違いしたらしく、彼に声をかけてきた。

「ローズを捕まえたのか？」

〈しまった！〉

　グローブボックスの中に入っていたハッカのキャンディが床にこぼれた。ボックスの中にはほかに、州政府車両局からの中身が透けて見える封筒が置いてあった。

　カリフォルニア州の法律では、すべての車は車両局の登録証と保険証を携帯しなければならないことになっている。

「おい、おまえは誰だ？」

　荷台にいた男が詰め寄って来た。

　ジョーは封筒をわしづかみにすると、バンから離れた。

　そのまま走って逃げようとも思ったが、考え直した。アロハシャツの男たちの仲間なら、遠慮なくぶっ放してくるだろう。逃げるには手おくれだ。
　ギ、ギーッと蝶つがいの音がしたかと思うと、バンの後部ドアがフワッと開いた。

ジョーは音のした方に歩み寄って身構えた。

ポパイのような腕をした、傷だらけの顔の男がのっそりと車から出てきた。男の首も太かった。小さな車ぐらいなら持ち上げてしまいそうな体格だった。

奇襲攻撃しか、ジョーに勝ちめはなかった。ジョーはいきなり相手の股間を蹴り上げた。男は「うっ」とうめいて、前のめりになった。ジョーは男の顔面に頭突きを食らわした。男はドサッと地面に崩れ落ちた。鼻から血を出し、ハアハアと口でする息の音がうるさかった。

少年時代はけんかが好きで、腕っぷしも強かったジョーだが、ミッシェルと結婚してからは今日まで他人にこぶしを振り上げたことはない。それなのに、彼はこの二時間足らずのあいだに、二度までも暴力に訴えた。それには、彼自身が一番驚いていた。

驚きを超えて、胸クソが悪くなっていた。こんな野蛮な怒り方は、生意気盛りの少年時代にも経験したことがなかった。

それでも、彼は、サンタモニカ海岸の公衆トイレの時と同様、自分のしたことを恥ずかしく思う理性はまだ持ち合わせていた――353便の墜落以来、失意と悲しみに打ちひしがれてきたが、これは玉ネギの皮みたいなもので、いくらむいても何も出てこないのだと気づき始めていたところなのに、その皮の内側に怒りが潜んでいたとは！

もし、この宇宙が単なる冷たいメカニズムなら、そして、もし、人の命が暗い虚空から虚空への旅にすぎないのなら、ジョーは神などにすがりつかない。なぜなら、そんなことをしても、音の伝わらない真空の宇宙空間で助けを呼ぶようなものだからだ。もっと言うなら、水面下で呼吸するに等しいからである。

男に頭突きを食らわせたため、頭のてっぺんが痛んだ。ジョーは痛む箇所をさすりながら、鼻から血を流して横たわる男を見下ろして、自分の意志には反する満足感に酔った。野蛮な喜びが、彼に不思議な快感と生命力を与えていた。

ビデオゲーム〝クウェーク〟の宣伝用Tシャツに、黒いバギーパンツ、赤いスニーカー姿の横たわる男は二十代後半ぐらいに見え、女を追いかけて行った二人の仲間よりは十歳ぐらい若そうだった。手はグローブのように大きく、親指を除く各指の根元にアルファベットの一文字が刺青されていた。両手を合わせると、筋肉増強剤の〝アナボリック〟と読めた。

とんでもない男を相手にしたわけだ。

正当防衛だったと自分の行為を正当化しても、ジョーは、いま自分が味わっている勝利の快感が不快だった。

倒れている男は、どう見ても警察関係者には見えなかった。にもかかわらず、男が警察官である可能性はある。警察官に暴力を振るったとなると、これは一大事である。

意外なのは、刑務所に入れられる可能性が頭をかすめても、いま浸っているゆがんだ満足感がひとつも損なわれなかったことだ。ジョーは半ば自分を嫌悪しながら、半ば自分を失っていた——。だが、この一年間で初めて味わう〝生きている感じ〟であることは確かだった。

興奮に胸を躍らせながら、同時に、このままいったらどうなることやらと怖れながら、ジョーは道路の左右に目をやった。どちらからも車は来ていなかった。ジョーは、犠牲者の横にひざをついた。

男ののどから湿った息が音を立てて出入りしていた。子供のようなため息を漏らし、まぶたをピクピクさせていたが、ジョーにポケットを探られているあいだも男は意識を取り戻さなかった。

ポケットに特別なものは入っていなかった。小銭と、家の鍵と、財布があっただけだった。財布には、一般的な証明書類とクレジットカードが入っていた。それによると、男の名はウォーレス・モートン・ブリックであり、警察バッジも、その関係者らしい証明書も持っていなかった。ジョーは男の運転免許証だけ抜き取って、財布を男のポケットに戻した。

丘の向こうまで女を追って行ったガンマンたちはまだ姿を見せていなかった。女は逃げおおせたのかもしれないが、簡単にあきらめるような連中ではなさそうだった。

ジョーは、自分の無鉄砲さに半ばあきれながら、ウォーレス・ブリックの体を引きずり始めた。そして、白いバンの歩道側の横まで引っ張って来て手を放した。ここなら、通りかかる車に気づかれないだろう。ジョーは、男が鼻からの出血で息を詰まらせないよう、彼を転がして横向きにさせた。

ジョーは、さらに後部座席のドアを開け、バンの中に乗り込んだ。エンジンのけだるい振動が床から伝わってきた。

狭い車内の両側は、通信機器でいっぱいだった。盗聴器や、追跡装置らしいものもあった。床に据えつけられているコンパクトな指令椅子は、両側の通信機が使えるよう、回転式になっていた。

ジョーは、最初の椅子をやり過ごし、二つ目の椅子に座った。目の前のコンピューター画面は電源が入ったままだった。バンの車内はエアコンが利いていて涼しかったが、椅子のシートは生温かかった。ブリックなる若僧は、さっきまでここに座って画面を見つめていたのだろう。

画面には地図が映っていた。どの道路の名前も、平和や安らぎを表わすものだった。したがって、墓地内の地図だとすぐに分かった。

地図上に点滅する小さな明かりが、ジョーの注意を引いた。緑色のその明かりは、一か所から動かず、いま彼が乗り込んだバンが駐まっている辺りを示していた。

点滅する明かりはもう一つあった。やはり動かなかったが、こちらは赤い色で、バンの後方の同じ道路上を示していた。ジョーは自分の車の位置だと直感で分かった。

この追跡装置は北米大陸低空写真地図のCD－ROMをつかっているに違いない。これだと、ロサンゼルスはおろか、カナダを含む全米の道路が、細かい目印と共に簡単に引き出せる。

彼の車に電波発信装置が付けられていたと考えられる。バンに据えつけられているコンピューターが、宇宙衛星からの電波でジョーの車の位置を簡単に割り出してしまう。ジョーがどこまで走ろうと、連中はあわてる必要がないのだ。

サンタモニカを出てからサンフェルナンド・バレーに入るまで、怪しい車はバックミラーに映らなかった。そのわけがこれで分かった。

新聞記者時代、連邦政府の精鋭捜査官たちと、車で犯人を追ったことがあった。そのとき捜査官たちは同じような装置を使っていたが、これほど性能の良いものではなかった。

車の中に居すぎると、気を失っている男や、女を追った男たちに捕まる危険があると承知していながら、ジョーはなかなか椅子から離れられなかった。この騒ぎにほかの仲間もいるのか、ジョーは画面に目を凝らした。だが、それらしい動きは見当たらなかった。

コンピューターの横に雑誌が二冊置かれていた。どちらも『ワイアード』の最近のものだった。一冊は、これでもかとビル・ゲイツの華麗な成功を特集したもので、もう一冊は、外国の傭兵に転身する元軍人を特集していた。二冊目の雑誌の開かれたページにあったのは、骨でも切断できる鋭利なナイフの記事だった。ジョーがサンタモニカの海岸で海を見ながら気を静めていた時、ウォーレス・ブリック殿は退屈しのぎにこれを読んでいたらしい。

〝アナボリック〟と刺青した筋骨隆々の男はどうやらコンピューターの方も腕利きらしかった。

ジョーは車から出た。ブリックはうめき声を上げていたが、まだ意識は取り戻していなかった。犬になってウサギを追いかけている夢でも見ているのだろうか。足を盛んに動かし、赤いスニーカーで草の根元を蹴っていた。

アロハシャツの男たちはどちらもまだ戻っていなかった。

銃声が聞こえないのは、遠くでぶっ放しているためか？　吉なのか、凶なのか？

ジョーは急いで自分の車に戻った。ドアの取っ手は直射日光を受けて、焼きゴテのように熱かった。ジョーは思わず「アッチッチ！」と悲鳴を上げた。

車内は、自然発火寸前と思えるほど温度が上がっていた。ジョーはあわてて窓を開け、エンジンをかけた。バックミラーに目をやると、ごく普通の型のトラックが東からこちらに向かって来るのが見えた。おそらく、墓地管理人の車だろう。銃声を不審に思って調べに来たか、ただの巡回かもしれなかった。

道路沿いに墓地の東端まで行ってから出口へ向かうのが一番安直な帰り方だったが、ジョーは急いでいたので、来た道を引き返すことにした。

〈今のところ、おれはツイている〉

このツキがいつ落ちるかと思うと、時限爆弾の秒を刻む音でも聞こえてきそうだった。歩道に寄せた車を直接Uターンさせようとしたが、一回のハンドリングではできなかった。

ギアをバックに入れて、アクセルを踏むと、タイヤが〝キキッ〟と音を立てて焼けた路面をこすった。ジョーは車をいったんうしろに下げてから、ブレーキを踏み、ギアを〝ドライブ〟

に入れた。

〈チック、タック。チック、タック〉

直感は信用できることが証明された。近づいて来る管理人らしきトラックの方角に向かってアクセルを踏み込んだそのとき、運転席側の後部座席の窓ガラスが彼の頭のすぐうしろで爆発した。粉々になったガラスがうしろの席に飛び散った。

音は聞こえなかったが、何が起きたかはすぐに分かった。

左を見ると、丘の中腹に赤いアロハシャツを着た男がいた。南国の装いをしながら、死人のように青ざめた顔のその男は、射撃の構えをとっていた。

外から誰かのうめき声が聞こえてきた。かすれ声で毒づいていたが、声は消え入りがちだった。バンの横で転げ回っているブリックだった。彼は手とひざを地面につき、戦いを終えた闘牛場の雄牛が口から血の泡をまき散らすように、ただボーッとなって、大きな頭を揺り動かしていた。

続いてもう一発、大きな衝撃音と共に車体のどこかに命中した。弾丸の風を切る音がジョーの耳に残った。ジョーはカーッとなった。ガラスのなくなった窓から自由に入って来る外の風が彼の怒りを煽った。ジョーは猛スピードで墓地管理人のトラックとすれ違った。衝突する危険などなかったのに、あわててハンドルを切ったために危うく道をはずれそうになった。

ジョーはとにかく逃げた。黒衣の参列者たちが墓穴から出てきた幽霊のようにボーッと立ち尽くしている埋葬式の横を通り過ぎ、誰が死んだのか知らないが、縁者たちが椅子に座ったまま泣き続けるもう一つの埋葬式のうしろを通り、新しい墓に果物や菓子の皿を供えるアジア人家族を横に見ながら、まっしぐらに逃げた。さらに行くと、異常に白い教会があった——時計台の上は、てっぺんのとがったパラディアン様式の円屋根である——昼を過ぎたばかりの日差しの中で、教会の建物が、道路や墓地にくっきりとした影を投げていた。南部コロニアル様式の死体置き場もあった。

ジョーは男たちのしつこさを考えて、ひたすら逃げた。だが、それまでのところ、迫って来る追っ手はいなかった。おそらく出口はもうパトカーで固められているだろうと期待したが、彼が開いている門から猛スピードで出るときも、警察官の姿はなかった。

ジョーはそのままヴェンチュラー・フリーウェーを走り続け、サンフェルナンド・バレーのちょっとした人混みの中に逃げ込んだ。

信号で止まっていたとき、土曜日を待ちかねたような〝クラシックカー・クラブ〟の行列が通り過ぎて行った。ジョーは緊張で震えながらも、一台一台を懐かしそうに眺めた。時代を象徴する41年型ビュイックの〝ロードマスター〟、カエデの板を側面にあしらった47年型フォードの〝スポーツマン・ウッディ〟、アールデコ調のスタイルにクロームメッキのスピードラインを入れた32年型フォードの〝ロードスター〟。計十二台の一台一台は、車の芸術としての証しである。

行列を眺めているうちに、ジョーは不思議なセンセーションが胸の奥から湧き上がるのを感じた。ゆったりした中の緊張、苦しみの中の喜びのような、妙な感覚だった。

一ブロックほど過ぎてから、公園の中を通過した。この暑さにもかかわらず、若い一家族が――子供たちは三人だった――はしゃぎ回る愛犬相手にフリスビーを楽しんでいた。

心臓のドキドキはまだ鎮まっていなかった。ジョーは車の速度をゆるめ、そこに止めて、一家のフリスビー遊びを見学しようかとも思った。

すぐ前の交差点では、明らかに双子でブロンド美人の女子学生が二人、手をつないで道路を横切ろうとしていた。その姿は、灼熱地獄の中の清水のようにすがすがしかった。スモッグで汚れたコンクリートの風景の中の蜃気楼のようだった。若い二人は清潔でしなやかで、天使のように輝いていた。

少女たちの前を通り過ぎると、道路の両側には、紫色の花で飾られたスペイン風の建物が続き、ゾウシネリアの生け垣が一軒一軒を囲んでいた。ミッシェルもゾウシネリアが大好きだった。彼女が自宅の裏庭に植えた一本をジョーは思いだした。

しかし、状況は変わってしまった。説明も、疑問の余地もなく変わってしまった。

いやいや、状況ではない。世間は去年のままだ。変わったのはジョー自身である。これからももっと変わるだろう。変化が、押し寄せる荒波となって彼の内側で暴れ回っている。

あの恐ろしい孤独な夜に感じた悲しみは今も変わらない。絶望感は深まるばかりだ。つい今朝も、死にたいと思いながら暗い気持ちで朝を迎えた。ところが、今の彼は生き延びたいと必死にもがいている。ここで死ぬわけにはいかない、と。この変化は何なのだろう？

死にそうになって人間が変わったとか、危うく撃たれそうになって命の尊さに目覚めた、などという単純なものではない。

彼の内側を変えたのは〝怒り〟である。妻子を失った怒りもさることながら、ミッシェルを思えばこその怒りだった。一緒にクラシックカーの行列を見たら、ミッシェルはどんなに喜んだだろう。生け垣に咲き乱れる赤い花や、造りの凝った道路沿いのバンガローから滝のように垂れ下がる赤や紫のブーゲンビリアの花を彼女に見せてやりたかった。クリッシーやニーナがもう自分たちの犬とフリスビー遊びもできなくなったことに、ジョーは心の底から怒った。幼い姉妹が、美しく成長して世間を魅了することもなくなった。どんな道に進むにしろ、その達成に向けて胸を躍らすことも、結婚の喜びを知ることも、自分の子供に対する新しい愛の目覚めを知ることもなく逝ってしまった。

怒りがジョーを変えた。怒りは彼の骨髄を嚙み、長い自己憐憫と絶望の眠りからジョーを目覚めさせた。

〈〝どういうふうに現実に立ち向かっているの？〟〉

墓石を撮影していた女はそう尋ねた。

〈〝まだお話できる時期ではありません〟〉

女はそうも言った。

〈〝わたしはじきに戻って来ます〟〉

まるで達成すべき使命があるかのような謎の言葉を残して、女は消えて行った。

アロハシャツの男たちに、レスラーのようなコンピューター野郎。ハイレグのビキニを着た赤毛とブルネット。女がジョーに接触してくるのを読んでの見張り。バンに積み込まれていた高性能の盗聴及び追跡装置。ジョーを冷酷に撃ち殺そうとしたガンマンたち――。

〈なぜなのだ？〉

墓地にいた黒人女は彼に何か秘密を漏らそうとしたのだろうか？　単に女がそこにいたことを知っただけで、ジョーは連中にとって危険な存在になったのだろうか？　バンから出てきた彼を見て、秘密を盗まれたとでも思ったのだろうか？

もちろんジョーは、彼らについては何も知らなかった。連中が何者で、女の何を欲しがっているのかなど知るはずもなかった。にもかかわらず、一つの結論だけは導くことができた――妻と娘たちの死について彼が事実だと思っていることには、間違いがあるか、追加の情報があるかのどちらかである。ネイションワイド航空353便に関する説明に何か作為があるのかもしれない。

ジャーナリストとしてのカンを働かせないまでも、そこに何か隠されていそうなことは容易に想像がつく。それも、決してささいなことではなさそうだ。ジョーはその疑惑に達したとき、なぜか背すじが寒くなった。

彼は、女を墓地で見た瞬間から、頭のどこかでそれが分かっていた。他人の墓石の写真を写すなんてただ事ではない。それに、女のあの悲しげな目と、同情に満ちた声、謎だらけの言葉。常識を働かせれば、そこに何かがあると思わない方がおかしい。

バーバンクの人通りのない住宅街をドライブしながら、ジョーは、まだ正体のよく分からない不公正と背信行為に、腹の底から怒りが湧いてくるのを感じていた。墜落の惨事の向こうに忌むべき何かがある。ごまかしか、偽装か、嘘か、陰謀か？

単なる想像かもしれないことに腹を立てるのはナンセンスであり、そんなことは忘れた方が気が楽になる、とジョーは自分に言い聞かせた。空想に怒ったとして、何が良くなるというのだ？　石を天に投げて星の光を消そうとするようなものではないか。

しかしながら、相手が人間なら怒りの対象となり得る。353便の墜落事故について何かを隠し、何かをゆがめている人間がいるとしたら、そこに怒りをぶつけなくてどうする。

ミッシェルもクリッシーもニーナも帰ってはこない。あの姿はもう二度と見られないのだ。彼の心の傷が癒されることも永遠にないだろう。これからどんな真実が暴かれようと、それが彼に未来を与えることはない。ジョーの人生は終わったのだ。それだけは何ものをもってしても変わらない。だが、知る権利だけは彼にもある。妻と二人の娘が本当はどんな状態で死んだのかを是非知らなければならない。運命の７４７ジャンボ機に何が起きたのかを知ることは、彼に課せられた神聖な義務である。

この苦々しい思いと怒りをテコにして、秘密の壁をぶち壊すのだ。クソ秘密の壁を！　その過程で誰を破滅させ、誰の地位を危うくさせようと、真実を世界に知らしめなくてはジョーの人生は終わらない。

ジョーは並木道の歩道に車を寄せた。それからエンジンを切り、車の外に出た。あまりもたもたしていると、ブリックやその他の追っ手に捕まるかもしれない。

風のないうだるような暑さの中で、ヤシの並木は、茶色く変色した枯れ枝をぶら下げて、葉をまったく揺らさない。

ジョーはまずボンネットの中を調べてみた。が、電波発信装置は見当たらなかった。車の前にしゃがみ込んで、バンパーの下にも手を入れてみた。やはり、何もなかった。

遠くからヘリコプターの音が聞こえてきた。音はどんどんこちらに近づいていた。

助手席側の前輪上部の隙間にも手を入れてみた。泥やグリースがこびりついているだけだった。同様に、後輪の隙間も調べたが、何もなかった。

北の空にいきなりヘリコプターが現われ、頭上を家並すれすれに飛んで行った。ヤシの長くて優雅な葉が激しく揺れた。

自分が追跡されているのだろうかと心配になりながら、ジョーはヘリコプターを見上げた。しかし、それはどうやら被害妄想のようだった。ヘリコプターは上空にとどまることなく、爆音を残しながら南の空へ消えて行った。

ヘリコプターには〝警察〟の文字も、社名も、マークも入っていなかった。

ヤシの葉が再び動かなくなった。ジョーは車のあちこちをしつこく調べた。すると、後部バンパーの陰にある、ショックアブソーバーに電波発信装置が接着されていた。電池も含めて、全体の大きさはシガレットケースぐらいだった。目には見えないが、発信装置は今でも電波を送り続けているはずだ。

まるで無害に見えるところが怖い。

ジョーはタイヤで踏みつぶすつもりで、その装置を車道の端に置いた。そのときちょうど、束ねた雑草を積んだ庭師のトラックが通りかかった。ジョーは機転をきかせて電波発信装置を庭師のトラックの荷台に放り込むことにした。

これで、あの悪者どもは時間を浪費することになる。トラックの追跡を続ければ、行く先はゴミ捨て場だ。

やがて、ジョーは車の中に戻り、ハンドルを握った。そのとき、はるか左方五、六キロの上空にさっきのヘリコプターが見えた。ヘリコプターは円弧を描いて飛び、低空浮揚と上空旋回を繰り返していた。

彼の恐れは別の意味で当たっていた。ヘリコプターが旋回している空の下には、今ジョーが逃げて来た墓地がある。正確には、グリフィス天文台の北側にある荒れ地の辺りだ。ヘリコプターは女を追っているに違いない。

BOOK　TWO

探し求める行為

第五章

ほとんどの活字媒体が凋落する中で、『ロサンゼルス・タイムズ』だけは不況どこ吹く風と元気だった。米国中のどの新聞よりも広告申し込みが多く、経営者も、ホクホク顔で蓄財に励むことができていた。

高層の自社ビルをダウンタウンの中心に構え、街なかの一ブロックを完全に占める豪勢さだ。

ところが、『ロサンゼルス・ポスト』紙の社屋はロサンゼルス市内にはなく、バーバンク空港近くのサン・バレーに建つ、四階建てのおんぼろビルがそれである。確かに大ロサンゼルスの中だが、市の境界線からははずれている。

駐車場も地下何階というわけではなく、ただ地面を金網で囲み、金網の上には防犯用の有刺鉄線を巻きつけただけのものである。

ここで番をしているのは、名札をつけた制服姿の駐車場係員ではなく、陰気に押し黙った十九歳ぐらいの青年である。彼は〝チンザノ〟のマークの入ったうす汚れたカフェパラソルの下の椅子に腰をおろし、門のない出入り口を見張っている。

頭をつんつるてんに剃り上げ、ラジオから響いてくるラップミュージックに聞き入っていた青年は、左の小鼻に金の輪をはめ、爪を黒くマニキュアしていた。黒いジーンズのひざ辺りには、わざとらしい破れ目もある。着ているダブダブのTシャツの胸には赤い文字で〝FEAR NADA〟とプリントされていた。青年の格好がそう思わせるのか、彼はまるで、入って来る車の程度を調べて、どの車を解体屋に持って行けば一番カネになるのか値踏みしているようにしか見えなかった。だが、彼がやっているのは、フロントガラスに貼られている従業員ステッカーを確認することと、来客の車を空いたスペースに誘導することだった。

駐車ステッカーは二年ごとに更新される。ジョーのステッカーはまだ有効だった。

353便墜落の二か月後、ジョーは辞表を提出したが、編集長のシーザー・サントスは辞表を受け取らず、ジョーを無給の休暇扱いとし、その気になったらいつでも復職できることを保証してくれていた。

ジョーはまだその気になっていなかった。その気になど永遠になれないだろう。しかし今は、会社のコンピューターと端末を使う必要性に迫られていた。

まったく金のかけられていない受付カウンターだった。壁は小学校の教室のように、ただベージュ色に塗りたくられ、床には、ビニールのクッションを置いたスチールの椅子と、やはりスチールの脚にイミテーション大理石のトップを載せたコーヒーテーブルが置いてあるだけだった。ほかに、その日のポスト紙が二部備えてあった。

受付カウンターの向こうにいるのは、保安係を兼ねた、受付係のドエイ・ビーミスである。『ポスト』はそもそも、狂信的なほどエゴイストだった億万長者が、政治権力と結びついた『タイムズ』を権威の座から引きずり下ろそうと創刊したのが始まりである。ドエイ・ビーミスはそれ以来の古株で、もう二十年以上この社に勤務している。当時の社屋はセンチュリーシティーに建つ新しいビルの中にあり、来客用のラウンジなどは専門家の手で内装された素晴らしいものだった。その頃のドエイは何人かいた保安係の一人で、受付係ではなかった。さすがの億万長者も、金が湯水のように使われていく新聞発行事業に嫌気がさし、プライドを捨てて、サン・バレーのこのみすぼらしい建物に社屋を移したのだった。大勢が退社を余儀なくされる中で、保安係ドエイは一九〇センチの巨漢であることが幸いして、クビを免れた。社に残れた理由はほかにもあった。一分間に八十語を打てるタイプ能力と、コンピューターを操作できることだった。

時が経ち、現在の『ポスト』はなんとか収支とんとんという状態である。

「ジョー！」

ドエイが椅子から立ち上がり、にっこり笑ってカウンターの向こうから大きな手を差し伸べてきた。その仕草は相変わらず荒っぽかった。

ジョーは手を握った。

「調子はどうだい、ドエイ？」

「息子たちは二人ともこの六月にＵＣＬＡを卒業して、一人は法律学校に、一人は医学校に行ってるよ」

ドエイは、今日の特ダネでも報告するように急き込んで言った。雇用主の億万長者とは正反対に、ドエイの誇りは自分の栄達にはなく、もっぱら子供たちの成長と進学にあった。

「娘のジュリーは奨学金でエール大学の二年目を終えたところで、三・八平均の成績を上げているんだ。この秋には、学生文学雑誌の編集長をやるらしい。今アニー・プルルックスに凝っていて、彼女みたいな小説家になるんだって張り切っているよ」

ジョーの目に何かがよぎるのを見て、ドエイは急に口をつぐんだ。子供を亡くした男の前で息子たちや娘の自慢話をしたことが恥ずかしくなったのだ。

「レナはどうしている？」

ジョーはドエイの妻のことを尋ねた。

「ああ、あいつは大丈夫だよ……なんとかやってるよ」

ドエイは気まずさをごまかすために、笑ってうなずいた。

ジョーは、友人のこういう気が利かないところが嫌だった。笑いの漏れる彼らの同情が耐えられなかった。あれから一年も経った今でもこのザマだ。ジョーが友達を避けるようになった理由もそこにあった。彼らの目の中にある憐れみが純粋な同情心からであるにしろ、ジョーを〝運の悪い男〟と烙印を押している目であることも事実だった。

「ちょっと上にあがって調べものをしたいんだ。いいかな？」

ドエイの目が輝いた。

「仕事に復帰するんだな、ジョー？」

「もしかしたらね」

ジョーは嘘をついた。

「また取材に戻るのかい？」

「考え中だけど」

「それを聞いたら、サントスさんも喜ぶよ」

「編集長は今日出社してるの？」

「いいや。休暇でバンクーバーへ釣りに行ってるよ」

編集長のシーザー・サントスに嘘をつかなくて済むので、ジョーはホッとした。

「ちょっと興味を持ったことがあるんだ。ある人物についてだ。調べようと思ってね」

「サントスさんも大歓迎だろう。どうぞ上へ」

「ありがとう、ドエイ」

ジョーは両開きドアを押し、長い廊下に足を踏み入れた。廊下の緑色のカーペットはシミが付いてヨレヨレだ。壁の塗料は今にも剝げ落ちそうだし、もともとは白かっただろう天井も何色だか分からなくなっている。これまでの『ポスト』紙を特徴づけてきたのは〝市政当局の腐敗の追及〟である。いわばゲリラ的ジャーナリズムがこの新聞のイメージだ。社屋もそれらしくなってきたというわけか。

左側に狭いエレベーターホールがある。二台あるエレベーターのドアのどちらも、引っかき傷と手アカで汚れている。

一階は静まり返っていた。この階にあるのは、資料室と、案内広告セールス室と、発行部数推進部室だ。あまりの静けさに、ジョーは自分が侵入者になったような気がした。もしここで誰かに会ったら、良からぬ目的で入ったと誤解されそうだ。

エレベーターが開くのを待っていたとき、いきなりドエイが現われたのを見て、ジョーはびっくりした。ドエイは白い封書を差し出した。

「忘れるところだった。二、三日前に見知らぬ婦人がこれを託していったんだ。あんたにぴったりの情報だそうだ」

「何の件だろう？」

「婦人はそれは言わなかった。ただあんたなら分かるだろうって言っていたよ」

ジョーが封書を受け取ったときに、エレベーターのドアが開いた。ドエイがあわてて言った。

「婦人には言っておいたんだ、あんたはもう十か月も社に出てないってね。そしたら、あんたの電話番号か住所を教えてくれって言うから、もちろんそれはできないって断わっておいたよ」

エレベーターに足を踏み入れながら、ジョーは言った。

「ありがとう、ドエイ」

「わたしがあんたに電話しておくって婦人には答えたんだけど、あんたは引っ越しちゃって、新しい電話番号も知らせてくれなかったから――」

「どうせ大したことじゃないさ」

ジョーは、手にした封書を振ってそう言った。いずれにしても、彼はジャーナリズムに戻るつもりはないのだ。

閉まりかけたエレベーターのドアをドエイが手で押さえた。それから、顔をしかめて言った。

「あれこれ詮索するつもりはないんだけど、あんたの行方を誰も知らなくてね」

「分かってる」

ドエイは、次の質問をする前にちょっとためらった。

「どこか遠くに行っていたのかい？」

「かなりね」

ジョーは認めた。

「だけどなんとか戻って来たよ」

「面倒なことはわれわれに任せてくれよ。みんな心配しているからさ」

ジョーは感激してうなずいた。

「本当だよ」

「ありがとう」

ドエイが手を放すと、ドアが閉まった。エレベーターはジョーを乗せて上昇した。


三階の大部分はニュースルームとして使われている。ニュースルーム全体が、閉所恐怖症になるような規格寸法に仕切られ、各自の専用ワークステーションになっている。それぞれのワークステーションには、パソコンや電話や回転椅子などの、この業務に必要な物が備わり、その背の高い間仕切りのために、部屋全体は見渡せない。

ニュースルームの形態は『タイムズ』社のものと変わりないが、『タイムズ』社の方がずっりでにぎわっている。

と広いし、間仕切りと備品が新しくておしゃれなところが大違いだ。それに、こちらのビルでは、アスベストやホルムアルデヒドなどの公害要因が除かれていないから、吸わされる空気もタイムズ社のクリーンなものとは違う。第一、タイムズ社の方は、土曜日の午後でも人の出入りでにぎわっている。

過去何年かのあいだに、ジョーは二度ほどタイムズ社に来ないかと誘われたことがある。だが、どちらの場合も断わった。『タイムズ』が大新聞であることは承知しているが、同時に、同紙が広告収入で肥えた体制派であることも事実だった。その点、反体制を鮮明にしている『ポスト』紙にいた方が、好きなことを自由に書くことを許される。

政治家の発表をニュースとして扱わず、政治家や高級役人を、腐敗しているか、セックス狂か、権力亡者と疑ってかかるのは『ポスト』紙の一貫して変わらない姿勢であり、それが読者に支持されている。

数年前、ノースリッジ地震があったあと、地震学者が、ロサンゼルス中心部からサンフェルナンド・バレーにかけて走る断層を発見した。その頃、面白いジョークがニュースルームをにぎわした。もうひと揺れして、タイムズ社とポスト社の両方が破壊されたら、市民は何を失うか？　というなぞなぞだった。その答えは、もし『ポスト』紙がなくなれば、役人が税金泥棒していることも、麻薬密輸業者から賄賂を受け取っていることも暴露されなくなるし、連中が獣姦していても、市民は知る手段がなくなる。だが、一番の悲劇は、三キロの重さにもなる

『タイムズ』の日曜版がなくなることだ。それがなければ、市民は今どこの店でディスカウントしているか分からなくなる。

ミッシェルも『ポスト』紙の編集記者であり、ジョーとは別の専門分野を担当するコラムニストだった。ジョーはこの社でミッシェルに出会い、求愛し、負け犬的会社で仕事をするやるせなさを分け合ってきた。彼女は二度も、赤ん坊をお腹に入れたまま何日間もこの会社で働いた。

社屋はミッシェルの思い出だらけである。〝戦って生きるんだ〟なんて考えるほど彼の精神状態が回復することはまずあるまい。ミッシェルの面影一つを思い浮かべただけで、気が変になってしまう現在のジョーなのだ。ポスト社でもう一度仕事するなんて、絶対にあり得ないだろう。

ジョーは市街地域担当だった時の部署へ直接向かった。知っている顔が一人もいないのがありがたかった。彼の仕事と机は、ランディ・コールウェーが引き継いでいた。ランディは人のいい男である。もしジョーが彼の椅子に座っているのを見たとしても怒らないだろう。

机の上の写真立てには、ランディの妻と、九歳の息子のベンと、六歳の娘リスベスの姿がおさまっていた。ジョーはしばらく写真を食い入るように見つめていたが、一度目をそらすと、もう二度と写真の方を見ようとしなかった。

ジョーはコンピューターのスイッチを入れ、白いバンのグローブボックスから盗んできた車両局の封筒をポケットから取り出した。封筒の中には車の登録証が入っていた。意外だったのは、登録主は政府関係機関でも、警察関係団体でもなかった。車のオーナーは〝メッドスペッド株式会社〟となっていた。

まさか、普通の会社の連中がこんなことをしているなんて、ジョーには想像もできなかった。レスラーのようなあんちゃん、ウォーレス・ブリックも、アロハシャツのぶっ放し野郎たちも、それは刑事や連邦捜査機関のエージェントには見えないかもしれないが、ジョーが知る限り、会社の重役タイプよりはよっぽど警察関係者に見える。

次に彼がしたのは、デジタル化された、『ポスト』紙の創刊以来のバックナンバーにアクセスすることだった。マンガやホロスコープやクロスワードパズルの類いだけは除いてあるが、写真はそのまま見ることができた。

ジョーは〝メッドスペッド〟の文字を探してみた。六か所あることが分かった。どれも、ビジネスセクションに掲載された小さな記事の中にあった。ジョーはその全部を読んだ。

メッドスペッド社はニュージャージー州に登録された会社で、最初は、いくつかの大都市の空港で救急車サービスを提供することからスタートした。それがしだいに、米国中に救急医療品を配達する業務に拡大していった。救急医療品とは、冷凍血液とか、保存の難しい新鮮な血液とか、臓器とか、高価で壊れやすい研究用品などである。メッドスペッド社はまた、伝染性の高いバクテリアやウィルスを移送する仕事にも手を伸ばしている。需要は、民間や軍関係の研究機関からある。この特殊な業務ゆえ、社用機や社用ヘリコプターも数機保有している。

〈ヘリコプターか。なるほど〉

なんのマークも記されていない白いバンもそういうわけか？

メッドスペッド社は、八年前にデラウェア市のテクノロジック社に買収されている。テクノロジック社の傘下には、たくさんの医療関係並びにコンピューター関係会社があり、その多くが医療や医療研究機関用のソフトウェア開発を業務としている。

〝テクノロジック社〟で調べてみると、記事が四十一か所もあることが分かって、ジョーは喜んだ。ほとんどが経済関連の記事だった。記事を読んでみると、最初の二つは投資関連の数字と業界用語ばかりで、喜びは罰に変わりそうだった。あとでゆっくり読もうと思って、長い記事を四つ選んでコピーをオーダーした。

プリンターがコピーを排出しているあいだに、彼は『ポスト』紙に載ったネイションワイド航空353便の墜落事故に関する記事のリストを引き出してみた。見出しとその日付が画面に映し出された。

記事を映し出すには、自分の心を鬼にしなければならなかった。

ジョーは目を閉じ、深呼吸しながら、一生懸命イメージを呼び起こそうとした。やがて、サンタモニカの海岸に打ち寄せる波がまぶたに浮かんできた。

ついに、彼は歯を食いしばって記事を呼び出した。そして、内容にざっと目を通しては、次の記事に移っていった。彼が探していたのは、完全な乗客名簿の載っている記事だった。墜落現場の写真が出てくると、あわててページを送った。細かいボロきれのように散らばる金属片や、シュールな形にからみ合った機械の残骸からは、とても航空機を思い浮かべることはできなかった。

惨事が起きてから二時間後に降り始めた霧雨の中で撮られたこれら夜明けの写真の中に、国家運輸安全委員会の調査官たちが宇宙服のような防菌服に身を固めて、煙のくすぶる草原をさまよっている姿が映っていた。その背後では、焼けた木立が、節くれだった枝で低く垂れ下がる雨雲を引っかいていた。

ジョーはあちこち探した結果、国家運輸安全委員会調査チームの責任者の名前を見つけ出すことができた――バーバラ・クリストマン――彼女の指揮のもと、十四人の専門家が現場の調査に当たったことが分かった。

搭乗員の写真や、何人かの乗客の写真を載せている記事が二つばかりあった。もちろん、乗客全員の写真が集まるはずもなかった。記事は傾向として、西海岸を訪れるところだった東海岸の住民よりも、帰路にあった南カリフォルニア地域の住民たちにスポットを当てて書かれていた。ポスト紙の編集記者及びその家族として、ミッシェルと娘たちのことが特筆されていた。

八か月前、現在のアパートに引っ越したとき、家族の写真アルバムや、あちこちから出てくるスナップ写真類が自分を落ち込ませる元凶だと悟って、ジョーはすべての写真類をダンボール箱に放り込み、テープで封をして、一つしかないクローゼットの奥に仕まい込んだ。傷口をこすっていては、いつまでも回復できないのだ。

今、目の前の画面で彼女たちの顔を見せられて、ジョーは呼吸ができなくなった。心を鬼にして取りかかったつもりだったが、やはり駄目だった。ポスト紙のカメラマンによって撮られたミッシェルの仕事用の写真は彼女の美しさをとらえていた。が、本当のミッシェルはそんなうわべだけの女ではなかった。彼女の優しさ、知性、愛嬌、笑いは、写真などではとても伝わらないだろう。だが、画面に映っている写真の女性がミッシェルであることには違いなかった。

クリッシーの写真は、社が開いた、従業員の子供たちのためのクリスマスパーティーの折りに写されたものだ。目を輝くだけ輝かせながら、カメラに向かってにっこり微笑んでいる。幼いニーナの方は、秘密の魔法でも知っていると言いたげに、口を曲げて笑っている。当時の彼女は〝ニーナ〟と呼ばれたがっている時もあれば、〝ナイナ〟と呼ばれた方が嬉しい時もあった。

末っ子の笑顔を見て、ジョーは彼女に時々歌ってやった即興の子守歌を思いだした。気がつくと、画面に向かってその歌を口ずさんでいた。

「ナイナ、ナイナ、ナイナを見たか？　ナイナ、ナイナ、ナイナ、誰も見てないか？　……」

胸の底からこみ上げてくるものが、今にも彼の自制心をズタズタにしてしまいそうだった。

ジョーはマウスをクリックして、三人の顔を画面から消した。だが、頭の中からは消せなかった。まぶたに浮かぶ三人の顔はむしろ今まで以上にはっきりしていた。

ジョーは椅子の上でうずくまり、肩を震わせながら両手で顔を覆った。くぐもった独り言がその口から漏れていた。

「チキショー……チキショー……」

今日も明日も、波は海岸で砕け、時計も街も動き続ける。日出、日没、月の満ち欠け。永遠に続くリズム。意味をもたない宇宙の営み。

〈すべてを無視して冷淡になること……正常でいるためにはそれしかない〉

ジョーは手を顔から離し、背すじを伸ばして、再びパソコン画面に向き合った。

誰かに見られはしまいかと、ジョーはそれが心配だった。もし、旧知の顔がこの三面の壁の立方体をのぞいてきたら、何をしているのか説明しなければならなくなる。そんなわずかな社交のエネルギーさえ残っていないのが情けなかった。

探していた乗客名簿が見つかった。その日の『ポスト』の編集と割り付けが、ジョーの時間と労力を節約してくれた。乗客のうち、南カリフォルニアに住居のある者を別にリストアップしていたからだ。ジョーは、その全員の名前と住んでいた街の名前をプリントアウトした。

〈〝まだお話できる時期ではありません〟〉

墓場で写真を写していた女はそう言った。ジョーに話したいことがあると言っているにほかならない。

〈〝絶望してはいけません。今に分かりますよ〟〉

何が分かるというのだ？　その時のジョーには皆目見当がつかなかった。

ジョーの絶望を和らげるようなことをそのうち話してくれるとでもいうのだろうか？

分からない。分からない。

〈〝あなたにもみんなにも……今に分かります〟〉

みんなって誰のことだ？

これに対する唯一の答えは、彼と同じように、353便で愛する家族を亡くして嘆き悲しんでいる人たちのことだろう。そして、あの女は、その一人一人に同じことを言っているのだろうか。

ウォーレス・ブリックやアロハシャツの男たちに追われて、女はそんなに長く生きられないかもしれない。彼女がいなくなったら、謎は永久に解決しないことになる。ジョーは、女が戻って来るのをじっと座って待つつもりはなかった。


名簿のプリントアウトを束ねていたとき、ジョーはドエイから渡された白い封書のことを思いだした。パソコンの横のクリネックスの箱の上に置いたのをすっかり忘れていた。

犯罪専門記者として署名記事を載せているジョーのもとに、よく読者から密告の手紙が寄せられる。市の公園局の職員が秘密の悪魔集会を開いているとか、タバコ産業の重役が中毒剤を故意に配合しようとしているとか、道の向かいが異星人の巣になっていて韓国人を密入国させているとか、被害妄想的かつ空想たくましいまゆつばものが多い。

一度、目つきのおかしな男が会社まで押しかけて来て、ジョーにしつこく迫ったことがある。いわく、

「ロサンゼルスの市長は、実は人間ではなく、ディズニーランドから送られてくる電波で操られるロボットなんだ……」

それに対して、ジョーは声をひそめ、真面目な口調で答えた。

「その事実は、われわれの方でももう何年も前からつかんでいました。でも、それを印刷したり口外したりすると、ディズニーランドにわれわれ全員が殺されます」

男は後ずさりすると、一目散に逃げだし、もう二度と何も言ってこなかった。

したがって、ジョーは今度もまた、火星人がどうのこうのといった愚にもつかない投書だろうと思いつつ封を開いた。便せんが一枚、三つ折りにされて入っていた。

いつもの狂った手紙の類いには違いなかったが、タイプで打たれた三行の文は彼を戦慄させるのに充分だった。


〝ずっとあなたに連絡しようとしてきました。

でも、この件は秘密にしておいてください。でないと、わたしは殺されます。

〝353便に乗っていた者です〟

乗員乗客全員が即死したはずだ。ジョーは、あの世から届けられたような手紙を信じなかった。そこがジョーの、新世代のロサンゼルス市民とは一線を画するところだ。

文末に〝ローズ・タッカー〟の名があった。名前の下には電話番号と郵便番号が書かれ、住所はなかった。

さっきまで彼をあれほど激させた同じ怒りがジョーの顔を赤く染めた。ジョーは受話器を引ったくった。一度鎮まった怒りがまたまた炎となって燃え盛りそうだった。この場から電話して、タッカー婦人とやらをどやしつけてやるつもりだった。自分のゆがんだ根性を満足させるために他人の不幸の生き血を吸うのはやめろ！　と。

そのとき、ウォーレス・ブリックが白いバンの中で最初に吐いた言葉がジョーの耳に響いた。ジョーが携帯電話はないかとグローブボックスを開けたとき、彼をアロハシャツの男とカン違いしてブリックがかけてきた言葉だ。

〈〝ローズを捕まえたのか？〟〉

あの時は発砲に驚き、追われる女のことが心配で、バンの中で聞いた言葉などぜんぜん気にかけていなかった。それからの急展開で、今の今までブリックが吐いた言葉の重要性に気づかなかった。

〝ローズ・タッカー〟とは、墓石をポラロイドカメラで撮影していた女のことに違いない。もし、彼女が人の不幸をからかうことを生き甲斐にする病的な敗北者にすぎないのだとしたら、〝メッドスペッド社〟にしろ、〝テクノロジック社〟にしろ、これほどの人員を投入して彼女を追うのは不自然だ。

ジョーは、墓地での、女のあの異様なまでの存在感を思いだした。あの率直さ、堂々としだ落ち着き、じっとこちらを見つめたときの神通力。

敗北者どころか、その反対ではないか。

〈〝ずっとあなたに連絡しようとしてきました。でも、この件は秘密にしておいてください。でないと、わたしは殺されます。353便に乗っていた者です〟〉

ジョーは電流に触れたように、椅子から立ち上がった。心臓がドキドキと鳴っていた。彼は思わず両手を握り締めた。つかんでいた紙がカサカサと音を立てた。

このあまりにも意外な展開について、ジョーは誰かに相談せずにはいられなかった。ワークステーションを離れ、通路に出ると、誰かいないか隣りの間仕切りをのぞいてみた。

〈ちょっとこれを見てくれ。読んでみろよ。読むんだ！　大変だぞ、おれたちは嘘をつかれていたんだ。あの墜落事故には生存者がいたんだ！　これは是非われわれの手で真相を追求しなければならない。〝全員死亡の大惨事〟と連中は発表していた。ほかにどんな嘘っぱちをついているか知れたもんじゃない。乗客たちの死因は本当は何なんだ？　何なんだ！　何なん

だ！〉

憤激してそこに立っている姿を誰かに見られる前に、そして、なじみの顔を探して知り得た情報を分かち合う前に、ジョーは考え直した。ローズ・タッカーの手紙には〝秘密にしてくれないと、わたしは殺される〟とあった。

それに、誰かに相談しても信用してくれなかったらどうする？　それを逆手にとられて、証拠を消されることだってあり得る。誰かを墓地まで連れて行っても、銃撃の跡も白いバンのタイヤの跡も残っていないかもしれない。とにかく、目撃者は自分しかいないのだ。

このミステリーは、ほかの誰でもない、自分宛に託されたものだ、とジョーは考えた。だから、その答えを出すのは自分の義務というだけではなく、神聖な義務のように思えた。この謎を解く中に、彼の生きる意味があるのかもしれない。そうすることが自分の命の使命であり、生を授かったことに対する返礼なのだ。

そう思ったからといって、何が分かったわけでも、何か見通しが立ったわけでもなかった。ただ体の奥でそう感じただけである。

彼は武者震いしながら、パソコンの前の椅子に戻った。

果たして自分は正常なのか、それとも少し頭がおかしくなっているのか。ジョーはその中間のような気がした。

第六章

ジョーは下の受付に電話して、封書を預けていった女についてドエイにあれこれ質問してみた。

「小柄な女だったな」

ドエイはそう言ったが、巨人である彼から見れば、百八十センチの大女でも小柄に見えただろう。

「百六十センチぐらいか、それともそれより小さかったか？」

「百六十センチもなかったかもしれない。でも、どことなく若々しくて元気そうだった」

「黒人？」

「そうだ。おれと同じような肌の色をしていた」

「いくつぐらいだった？」

「四十代そこそこかな。美人だったよ。髪の毛はカラスの羽みたいに黒かった。何かまずいことでもあるのかい、ジョー？」

「いやいや、なんでもないんだ」

「でも気になるような言い方するじゃないか。その女が何か面倒でも起こしているのかい？」

「いや、彼女はなんでもない。疑わしい点はない。ありがとう、ドエイ」

ジョーは受話器を置いた。自分の首すじに鳥肌が立っているのが分かって、その部分を片手でこすった。

手のひらが冷や汗で濡れた。ジョーはそれをズボンでぬぐった。

緊張しながら、ジョーは乗客名簿のプリントアウトを取り上げ、死者の名を一人ずつ確認していった。やがて問題の名前にぶち当たった。


〝ローズ・マリー・タッカー博士〟

〈博士か〉

果たして何の博士なのだろう？　医学博士か、文学者か？　それとも生物学者か、社会学者か、歯科医か？　いずれにしても、この学位の取得という単純な事実だけで、ジョーの彼女を信頼する気持ちは倍増した。市長がロボットだなどと言ってくる病人と博士とでは、確かに大違いだ。

乗客名簿によると、ローズ・タッカー博士は四十三歳で、住居はバージニア州のマナッサスにあるとのことだった。ジョーはマナッサスへ行ったことはないが、近くを通り過ぎたことは何度かある。ミッシェルの両親が住んでいる街の近くだし、ワシントンの郊外にも当たるからだ。

もう一度コンピューターに向き直って、墜落事故に関する記事の一つ一つに目を通していた。ローズ・タッカーの写真を見つけたかったのだが、それはどこにも載っていなかった。

ドエイの説明から判断して、手紙を書いた女性と、墓地でブリックが〝ローズ〟と呼んだ女性は同一人物だと考えられる。この手紙を託したローズが本当にバージニアのマナッサスに住むローズ・マリー・タッカー博士だとしたら――写真がない以上確認はできないが――墓地にいたあの女性は確かに353便に乗っていたことになる。

つまり、生存者ということに。

ジョーはとても嫌だったが、事故現場の写真の大きなものを二つ、画面に映し出してみた。最初の写真はとにかく気持ち悪かった。雨雲の空を背景に、黒く焼けただれた木立が映り、ひん曲がった機体の残骸がシュールな像を形作っている。そこに、防菌服を着た顔の見えない国家運輸安全委員会の調査官たちが、祈りを捧げる僧侶のようにたたずんでいる。二つ目の写真は、平和な牧草地に機体が散乱する様子を映した航空写真だった。説明書きには〝大惨事〟とあったが、なぜか写真の情景とは不釣合いだった。

こんな惨状の中を生き残った人間がいるとは思えない。

しかし、ローズ・タッカーがあの夜353便に乗っていたローズ・タッカーその人なら、彼女は生き残っただけでなく、自分の力で現場から抜け出してきたと考えられる。致命傷を負うこともなく、足も丈夫なら、顔にも傷を負わなかった。

あり得ないことだ。六千メートルもの上空から一気に墜落して、壁に卵を叩きつけるように地面に激突したはずだ。それから爆発して灼熱の炎に包まれた。神の揺らすゴモラの破壊から無傷で脱出することも、ネブカドネザルの火炎から火傷も負わずに逃れたシャデラクの幸運も、四日間墓に埋められてから生き返ったラザロも、353便の惨劇から無傷で帰還することに比べれば、その奇跡の度合いもぐっと色あせてしまう。

あり得ないことだとジョーがもし心から信じるのなら、彼の気持ちもすっきりして、これほど怒ることも悩むことも心配することもなかったかもしれない。しかし、彼の心の中のどこかが奇跡を待望していた。

ローズ・マリー・タッカー博士の電話番号を問い合わすべく、ジョーはマナッサスの番号案内に電話した。「その名前で登録されている番号はありません」と言われるはずだった——彼女は公式には死亡しているのだから。

にもかかわらず、ジョーは番号を教えられた。

あの墜落現場を生き延び、マスコミに騒がれもせず家に帰れたなど絶対にあり得ない。そればかりか、彼女はいま危険な男たちに追われている。もしマナッサスに帰っていたら、とっくに捕まっていたはずだ。

多分、彼女の家族がそこに住んでいて、理由はともあれ、電話の名義を彼女のままにしてあるのではないか。

ジョーは教えられた番号に電話してみた。

呼び出し鈴が二鳴りしただけで、相手が応答した。

「はい？」

電話に出たのは男性だった。

「タッカーさんのお宅ですか？」

「ええ、そうです」

男性の声はきびきびしていてなまりがなかった。

「タッカー博士をお願いしたいんですが？」

「どなたですか？」

本名を名乗るな、とジョーの本能が告げていた。

「ウォリー・ブリックです」

「失礼。どなたっておっしゃいました？」

「ウォーレス・ブリックです」

電話の向こう側で、男はしばらく沈黙した。やがてこう言った。

「どんなご用件ですか？」

男の口調は変わらなかったが、急に警戒する様子が感じられた。

ジョーはまたまた本能の命令に従って、そのまま受話器を置いた。それから、もう一度手のひらの汗をズボンで拭いた。

速記メモに目を落としたままの記者が一人、ジョーのうしろを通った。彼は顔を上げずに言葉をかけていった。

「よう、ランディ」

ローズ・タッカーが置いていったタイプされた手紙文を見て、ジョーはそこに書いてあるロサンゼルス市内の番号に電話してみた。呼び出し鈴が五度鳴ったところで、女性の声が応答した。

「ローズ・タッカーさんと話したいんですが」

「そういう方はここにはいませんけど」

女性の話し方には強い南部なまりがあった。

「番号違いじゃありませんか？」

そう言いながらも、相手の女性は電話を切らなかった。

「ローズ・タッカーさん本人からこの番号を教えられたんですけど」

ジョーはあきらめなかった。相手が答えた。

「その人は、あなたがパーティーで知り合った女性だと思うんですが、いい加減な番号を教えてその場を取り繕ったんじゃないですか？」

「そんなことをする人ではありませんけど」

「いえ、あなたが醜い男だって言っているんじゃありませんよ」

モクレンの花とジャスミンの香りが漂う夜を思わせるような声だった。

「ただ、お二人はタイプが合わなかっただけじゃないですか？」

「わたしはジョー・カーペンターと申しますが」

「いいお名前ですね。とても力強い感じがします」

「では、あなたのお名前は？」

相手の女性はからかうような調子で答えた。

「どんな名前だと思います？」

「……思う？」

「オクタビアとかジュリエットなんてどうかしら？」

「デミの方が似合いそうですけど」

「デミ・ムーアのデミですか？」

彼女は意外そうに言った。

「ええ。セクシーで少しかすれた声ですからね」

「いいえ。わたしのは純粋にキンキン声ですよ」

「では、かすれたキンキン声ですね」

彼女はケラケラと笑ったが、屈託のない、とても気持ちのいい笑い方だった。

「あのね、ジョー・カーペンターさん。いいですよ、〝デミ〟でも。わたしは気に入ったわ」

「では、わたしの言うことをよく聞いてください、デミ。どうしてもローズと話したいんです」

「もうその名前はおあきらめになったら？　デタラメ番号なんか教えた人なんですから、きっといい加減な女性なんでしょうね」

この女性はローズの居場所を知っている、とジョーは確信した。そして、ローズ本人は彼からの連絡を待っているはずだ。ただ、この謎のタッカー博士を追う男たちの悪辣ぶりを考えれば、デミがこうして用心するのは分かるような気がした。

その彼女が言った。

「ところで、あなたはどんな容姿の男性ですか?」

「百八十センチ。茶色の髪に、灰色の目」

「ハンサムなのかしら?」

「まあまあ、十人並みです」

「おいくつなの、十人並みのジョーさん?」

「あなたよりは年上です。三十七歳ですから」

「素敵な声をしていらっしゃいますね。今まで知らない相手とデートしたことはありますか?」

どうやら、ここまで持ってくるのがデミの作戦らしかった。ジョーは答えた。

「一度やってみたいですねえ」

「じゃあ、セクシーでガラ声のわたしなんていかが?」

彼女は笑いながら誘いをかけた。

「ええ、いいですよ。いつにします?」

「明日の夜は空いてますか？」

「もっと早い方がいいんですが」

「そんなにあせらない方がいいですよ、十人並みのジョーさん。こういうことには時間をかけた方が後々うまくいくんです。あわてて進めると、どちらかが傷ついたり、希望をなくしたりしますからね」

デミはこう言っているのだとジョーは解釈した。

〝二人が必ず会えるよう、手配には万全を期さなければいけないし、ローズの安全も保証できなくてはいけない。それに、ローズを動かすには少なくとも二十四時間前の連絡が必要なのだ〟と。

「それにね、もしあなたが十人並みの容姿なら、そんなにあせっては女性にかえって怪しまれるわよ」

「分かりました。では、明日の夜どこにしましょうか？」

「ウエストウッドにあるおいしいコーヒーショップの場所を教えますから、六時にそのお店の前で会うというのはどう？　それからお店に入ってコーヒーでも飲んで、お互いに好きになれるかどうかみてみましょうよ。本当にあなたが十人並みで、わたしが声同様にセクシーかどうか……それでうまくいくようだったら、思い出の夜を過ごせることになるわね。筆記用具はある？」

「ええ、あります」

そう言って彼は、教えられたコーヒーショップの名前と住所をメモした。

「それと、もう一つお願いがあるのよ、十人並みさん。ここの電話番号が書かれた手紙を、今あなたは持ってるでしょ？　それを細かく破いてお手洗いに流してちょうだい」

ジョーが答えに戸惑っていると、デミが言った。

「どうせ、あなたにとってはもう要らない番号ですからね」

そう言って、彼女は一方的に電話を切った。

この三行の手紙はタッカー博士が353便に乗っていたことを証明するものでは決してない。また、墜落には裏があることを明かすものでもない。この種の手紙は書こうと思えば彼にだって書ける。タッカー博士の名前はタイプしてあっただけで、サインはなかった。

それでも、ジョーはこの手紙を捨てる気になれなかった。たとえなんの証明にならなくても、この一連の信じ難い展開に、より現実味を帯びさせてくれる。

あんなことを言いながらも、彼女はまた電話に出るのではないかと、ジョーはもう一度デミの番号を押してみた。

ところが、「もうこの番号は使われていません」という電話局の録音音声が聞こえてきたのにはさすがにびっくりした。番号をもう一度確かめるか、電話案内係に問い合わせてくださいとまで言われてしまった。

見事と言うしかなかった。どうしてこんな綱渡りができるのか、ジョーは不思議だった。どうやらデミという女は、単にセクシーな声をしているだけではないらしかった。

ジョーが受話器を置くとすぐ、電話のベルが鳴った。彼はびっくりして、電話機を机から落としそうになった。自分のあわてぶりに当惑しながら、三度目の呼び出し鈴で受話器を取り上げた。

「ロサンゼルス・ポストですか？」

電話をかけてきた男が訊いた。

「これはランディ・コールウェーの直通電話ですね？」

「ええ、そうです」

「あんたがコールウェーさん？」

デミと妙な会話を交わしたばかりだったので、ジョーは反応が遅かった。しかし、すぐに相手の声がマナッサスにあるローズ・マリー・タッカーの家の電話に出た男の声と同じだということに気づいた。

「あんたがコールウェーさんだね？」

相手がもう一度訊いた。

「わたしはウォーレス・ブリックですけど」

ジョーはとりあえず頭に浮かんだ名前を言った。

「カーペンターさんだな？」

ジョーの背すじに寒けが走った。骨の髄が端から端まで震えた。ジョーは受話器をガシャンと置いた。

彼が今どこにいるのか、連中には分かっていたのだ。

ニュースルームは、安全な資料室から不気味な迷宮に変わった。周囲の暗がりも、何かが潜んでいるように見えだした。ワークステーションの座り心地も急に悪くなった。

ジョーは急いでプリントアウトをかき集め、ローズ・タッカーからの手紙をポケットにねじ込んだ。

椅子から立ち上がろうとしたとき、電話がまた鳴った。ジョーは受話器を取らなかった。


ニュースルームを出たところで、コピー室から戻って来る同僚のダン・シェーバーと出くわした。ダン・シェーバーは左手に紙の束を、右手に火のついていないパイプを握っていた。頭は丸ハゲながら、黒々としたあごヒゲをたくわえたシェーバーは、プリーツの入った黒いスラックスをはき、それを赤と黒のチェックのサスペンダーで吊るし、その下にはグレーと白のピンストライプのシャツを着ていた。黄色い蝶ネクタイも、首からぶら下げた単眼の読書用メガネも、いかにもキザな彼らしかった。

記者であり、評論文も書くシェーバーは、いつも偉ぶっているから挨拶が下手だ。だが、彼が一番得意なのは自己陶酔であって、自分の文章が読者を酔わせると誤解しているところがむしろ痛ましい男である。

「よう、ジョセフ」

そのシェーバーが前置きなしに始めた。

「74年もののモンダビ・キャベルネを先週開けたよ。発売されたとき投資のつもりで買った二十本のうちの一本なんだ。あの日おれは、ワインじゃなくてアンティークの時計でも買おうと思って、たまたまナパ・バレーにいたんだが、いやあ、おいしかった。よく熟成していてね――」

そこまで言ってから、ようやく彼はジョーがもう社で働いていないことを思いだした。それから急に口調を変えて、下手なお悔やみを言いだした。

「恐ろしい事故だった。本当に恐ろしいことだ。みんなも気の毒に。きみの奥さんも娘さんたちも」

ジョーの背後から再び電話のベルが聞こえてきた。ランディ・コールウェーの机の上の電話に違いなかった。

ジョーは早く切り上げたかったので、シェーバーを制して言った。

「それよりもね、ダン。テクノロジック社って知ってるか？」

「おれが知ってるかって？」

シェーバーは眉を上下させた。

「なかなかの会社だよ」

「詳しいのか、ダン？　何をやってる会社なんだ？　力のある会社なのか？」

「儲かってるらしいよ。先端技術を持ってる会社は強いね。あっという間だよ。あちこちの会社を買収して、資金が必要なベンチャービジネスにも積極的に投資して、どんどん大きくなっている。主に医療関係の会社で固めているが、必ずしもそうとは限らない。あそこの経営者たちは名も知れない連中で、自分たちをビジネスエリートとカン違いしているらしいが、実はおれたちと同じ俗物さ。偉いヤツには、頭が上がらないんだから」

彼が何を指してそう言っているのか分からなくて、ジョーは困惑した。

「偉いヤツには頭が上がらない？」

「そう。おれたちと同じ。おれたちと同じ」

シェーバーはにこやかにうなずきながら、手に持ったパイプを口にくわえた。

電話のベルはやんだ。その静けさがジョーの気持ちをかえってかき乱した。

連中は彼の居場所を知っている。

「それじゃ、用事があるので」

テクノロジック社の株を買っておいた方がいいとかシェーバーが言い始めたところで、ジョーは話を切り上げた。

それからまっすぐ男性用トイレに向かった。運良くトイレの中には誰もいなかった。旧知の人間に出くわして、少しでも時間を取られるのが嫌だった。

トイレのボックスの一つに入ると、ジョーは手紙を細かく切り裂いて、便器に流した。デミに言われたとおり、切れっ端が残らぬよう、念のためにもう一度流した。

メッドスペッド社もテクノロジック社も何やら警察組織のような動きをしている。ロサンゼルスからマナッサスまで捜索の手を広げ、ジョーの動きなども細かく知り得ているということは、背後に相当のコネがあると思っていいのだろう。もしかしたら、軍の組織と結びついているのかもしれない。

だが、どう考えても、普通の会社が自分たちの利益を守るために、公共の場でピストルをぶっ放すようなギラギラした連中を雇うとは考えづらい。公共の場に限らず、ピストルで金儲けするとしたら、それはもう会社ではない。テクノロジック社がどんなに儲かる会社であっても、その帳じりが暴力によって合わされているとしたら、社の責任者は法の追及を免れ得ない。たとえ、金がすべてに優先するこのロサンゼルスにあっても。

あれほど慣れた手つきで銃を使用していたところを見ると、ジョーが出会った連中は軍か連邦捜査局の人間たちかもしれない。いずれにしても、この人間狩りの中でメッドスペッド社やテクノロジック社がどんな役割を果たしているのか、推測するには情報が少なすぎる。

誰かに呼び止められるのでは、とジョーはドキドキしながら三階の廊下を歩き、エレベーターへ向かった。アロハシャツの男たちや、ウォーレス・ブリックや、制服警察官が今にも飛びだしてきそうな気がした。

もしローズ・タッカーを追っている連中がFBIの人間なら、連中は地元警察の協力を取りつけることができる。だから、目下のところ、ジョーはすべての制服警察官たちを潜在的な敵と見なさなければならない。

エレベーターのドアが開くとき、中から捜査官たちが飛びだしてきはしまいか、とジョーは半ば身構えた。だが、エレベーターの中はからっぽだった。

ジョーは、いつ電源が切られるかとハラハラしながら、エレベーターで下に降りた。ドアが開き、下の階に誰もいないのがむしろ意外だった。これほど追いつめられ、被害妄想にとらわれた経験をジョーは知らない。

墓地での遭遇にしろ、ポスト社に来てから知った事実にしろ、今日の出来事は、ジョーを錯乱状態に陥れるのに充分に刺激的だった。

腹の底からの怒りと、背すじが寒くなる恐ろしさ——自分のこの過剰反応は、この一年の心の荒廃のツケからくるのだろうか、とジョーは思った。今日までの彼は、悲しみと、自己憐憫と、恐ろしいまでの虚無感にしか心を向けなかった。いや、それすらあまり感じないように自分を抑制してきた。苦悩を煽り、自分を無関心という冷たい感情しか持たないヨレヨレの不死鳥に見立てて、灰の中から飛び立たせようとしてきた。しかし、この数時間の一連の事件が彼を現実の世界に目覚めさせた。初心者のサーファーが波の一つ一つに押しまくられるように、彼は感情の嵐に翻弄されていた。

受付カウンターでは、ドエイが受話器に向かって何か話していた。

「は、はい……ええ……わ、分かりました」

相手とどんな難しい話をしているのか、ドエイはいつもの黒いつるつるした額にシワを寄せて、顔をしかめていた。

出口の所で、ジョーは〝グッバイ〟の合図を送った。

ドエイがあわてて呼びかけてきた。

「ジョー、ちょっと待って」

ジョーは足を止めて振り返った。

ドエイは受話器を放さず、話を続けたまま、目だけはジョーから離さなかった。

ジョーは急いでいることを知らせるために、腕時計を示して、それをコンコンと叩いた。

「少しお待ちください」

ドエイは受話器に向かってそう言い、ジョーに向かって叫んだ。

「あんたのことでかかっている電話なんだ」

ジョーは頑として首を横に振った。

「あんたと話したいそうだ」

ドエイに言われても、ジョーは玄関から出て行こうとした。

「待てよ、ジョー。この人はＦＢＩだって言ってるよ」

ジョーはドアの所で迷ってから、ドエイの方をもう一度振り返った。ＦＢＩがアロハシャツの連中と組んでいるとは考えづらい。政府機関が有無を言わさず罪のない人たちに向かって銃をぶっ放すだろうか？　あり得ないことだ。それとも、すべては自分の被害妄想的な不安心理がそう思わせているのだろうか？　ＦＢＩの人間と話せば、その答えが得られるかもしれない。必要なら、保護もしてくれるだろう。

もっとも、電話の男は嘘をつくこともできる。ＦＢＩなどではなく、仲間たちがこのビルに駆けつけるまで、ジョーを引き止めておきたいだけなのかもしれない。

首を横に振りながら、ジョーはドエイに背を向け、玄関のドアを押して、八月の暑い外気の中に出た。うしろからドエイの叫ぶ声が聞こえた。

「ジョー！」

ジョーはかまわずに自分の車に向かって歩き続けた。駆けだしたかったが、そこまではしなかった。

駐車場の向こうの端、出口の所では、金の鼻輪にスキンヘッドのあんちゃんが車の出入りを見張っている。

名誉や信頼や人徳よりも、銭が幅を利かすこの大都会で、その上をいくものが一つだけある。ファッションである。ファッションは原理原則などクソ食らえで入れ替わる。街のギャングでも、流行に取り残されると、ジジイ扱いされてにらみが利かなくなる。駐車場のこのあんちゃんの格好はパンクにしろ、グランジにしろ、ネオパンクにしろ、すでに流行遅れで、自分が思っているほど珍しくも怖くもない。むしろ哀れを誘っているとは本人も気づいていまい。だが、この差し迫った状況下、あんちゃんの目つきはジョーにとっては不気味だった。

それほどボリュームが大きかったわけではないが、プレーヤーから流れるラップのビートが空気を震わせて耳障りだった。

ホンダの車内は暑かったが、我慢できないほどではなかった。後部座席の窓が銃弾で割れていたため、一応の換気ができていた。

駐車場係は多分、ジョーの車の割れた窓ガラスに気づいていて、そのことについて考えていたに違いない。

〈考えていたからといって、それが何なんだ！　窓ガラスが割れているだけじゃないか〉

エンジンがスタートしないのではと思いながら、イグニッションにキーを差し込んで回すと、エンジンは動いた。

ジョーは車をバックさせて、駐車スペースから出た。ドエイが玄関のドアを開け、〝ポスト〟のロゴを掲げているポーチの下に立った。巨人はあわてているというより、解せないといった表情をしていた。

ドエイが彼に通せんぼするとは思えなかった。二人は友達同士だし、少なくとも以前はそうだった。それに比べ、電話の主は単なる声にすぎないのだ。

ジョーはギアを〝ドライブ〟に入れた。ドエイは何か叫びながら、こちらに向かって駆けだして来た。顔をこわ張らせているわけではなく、戸惑っているようにも、心配しているようにも見えた。

それでもジョーは、友人を無視して、車を出口へ走らせた。

うす汚れた〝チンザノ〟パラソルの下で、駐車場係のあんちゃんが椅子から腰を上げた。駐車場係は、手を伸ばせば駐車場の出口を閉められる場所にいた。

金網の上に巻きつけられたトゲの先端が午後の日差しを受けて銀色に光った。

ジョーはバックミラーをちらりと見た。ドエイが腰に手を当てて、すぐうしろに立っていた。

ジョーは〝チンザノ〟パラソルの前を通り過ぎた。あんちゃんはパラソルの陰から出てこようとしなかった。イグアナのような無表情な目でただこちらを見つめ、片手で額の汗をぬぐっただけだった。マニキュアを塗った爪が黒く光った。

駐車場を出ると、右に折れ、住宅街を猛スピードで走り抜けた。タイヤはキーキーと鳴り、太陽熱で焼けた路面がねばっこかった。しかし、彼はスピードを落とさなかった。

ストラッサン通りを走り、ランカーシム大通りを南に折れたところで、パトカーのサイレンが聞こえてきた。サイレンは昼夜を問わず、この街の音楽の一部である。ジョーには関係ないはずだ。

それでも、ヴェンチュラー・フリーウェーを走っているときも、ムーアパーク通りを西に向かって走っているあいだも、ジョーはバックミラーから目を離さず、パトカーであるとないとにかかわらず、何かに尾行されていないか、ずっと警戒し続けた。

彼には後ろめたいことはないし、ましてや犯罪者ではないのだから、墓地での一件やローズ・マリー・タッカーからの手紙のことなどを堂々と警察に届けられるはずだ。そこで、353便墜落についての疑惑を訴え出ればいい。

だが一方で、ローズ・タッカーは命がけで逃げているにもかかわらず、警察の保護は受けていないように見受けられる。

〈〝この件は秘密にしておいてください。でないと、わたしは殺されます〟〉

犯罪専門の記者としての長い経験から、ジョーは、恨みや金銭目当てで殺されたわけではない犠牲者が数多くいることを知っている。つまり、持っている情報ゆえに狙われる人間が結構いるということだ。知りすぎた男は、銃を持ち歩く男よりも危険な場合があるのである。

しかし、353便についてジョーが持っている知識は、情報と言うには程遠く、情けないくらいわずかだ。もし、墜落事故から生還したと主張するローズ・タッカーの存在を知っているだけで狙われているとしたら、彼女は途方もない破壊力のある秘密情報を抱えていると考えられる。どんな情報なのだろう？　全米社会をぶっ飛ばすようなメガトン級の爆薬かもしれない。

スタジオシティに向かって車を西に走らせているあいだ、ジョーが考えていたのは、駐車場係のあんちゃんが着ていたTシャツの胸の赤い文字についてだった。〝FEAR NADA〟とは〝何者も恐れるな〟という意味である。ジョーにはおよそ縁遠い言葉だ。彼は怖くて恐ろしくてたまらなかった。

何よりもジョーを悩ませているのは、あの惨事が〝偶然の事故ではなかった可能性〟である。ミッシェルもクリッシーもニーナも運命のいたずらで死んだのではなく、人間の手によって殺されたのかもしれないと考えるだけで、ジョーは頭がおかしくなりそうだった。

国家運輸安全委員会がそうとはっきり特定したわけではないが、油圧システムの故障と人偽的ミスが重なった可能性もそのシナリオの一つである——そういうことなら、血も涙もない宇宙の営みと同様にそれは冷厳であるからと、ジョーもそれを受け入れて、なんとか今日まで生き永らえてこられたのだ。

しかし、もし三人が政治テロや保険金目当てなどの卑劣な行為の犠牲者になったとしたら、ジョーにとっては考えるだけでも耐えられないことだった。人間の欲望や嫉妬や憎しみのために妻や娘たちが殺されたなんて！

もしそれが真相だということになったら、自分がどうなってしまうのか、ジョーはそれが恐ろしかった。復讐と正義を求めるあまり、潜在的な残虐性に火がついて自分が何をやりだすか、ジョーは空恐ろしかった。

第七章

業界をとり巻く環境の厳しさから、ここのところ、カリフォルニア州の銀行は土曜日も営業している。五時まで開いている店もあるくらいだ。

自分の取引銀行のスタジオシティ支店にジョーが駆け込んだのは閉店の二十分前だった。

この街にあった自宅を売り払った際、ジョーは銀行口座を、現在のワンルームアパートがあるローレル・キャニオンには移さなかった。時間の経過などどうでもよくなった身には、便、不便も関係なかった。

彼が立った窓口では、ヒーサーという名の女性行員が、閉店ぎりぎりに駆け込んで来る客たちの応対をこなしていた。彼女は、ジョーがこの銀行に口座を開いた十年前から働いている古株の行員だった。

「現金をおろしたいんだ」

ジョーは彼女と二言三言挨拶を交わしてから言った。

「でもたまたま今、小切手帳を持ち合わせてなくてね」

「ええ、結構ですよ」

彼女は小切手帳がないことを問題にしなかった。

だが、ジョーが二万ドルを全部百ドル札で欲しいと言うと、彼女は首を傾(かし)げてしまった。ヒーサーは一番奥の窓口にいる係長のところへ相談に行った。係長は話をアシスタントマネジャーのところへ持って行った。そのアシスタントマネジャーが、銀行には似つかわしくないハンサムな青年で、映画の主役にもなれそうな甘いマスクをしていた。多分、スターの座を夢見てこの地にやって来たが、生きなければならない現実に目覚めてこの業界に入ったのだろう。三人は同時にジョーの方をちらりと見た。

集金となると、強力なバキュームクリーナーと化し、いざ金を出すとなると、内部に粘着剤でも付けたような細い管に萎縮してしまうのが銀行というところである。

女性行員は表情を硬くして窓口に戻って来た。彼女の説明はこうだった。つまり、銀行としては現金を用意することにやぶさかではないが、この場合、いろいろ面倒な手続きを踏まなければならないのだと言う。

店の奥では、アシスタントマネジャーが電話で誰かと話し始めていた。ジョーは自分のことを話しているなと直感で分かった。被害妄想的不安感にとらわれてはいけないと分かっていたが、ジョーの口の中はカラカラになり、胸がドキドキしてきた。

預金してある金は彼の財産であり、彼は今それが入り用なのだ。

女性行員のヒーサーは、十年来の知り合いでもある。事実、ミッシェルが子供たちを日曜学校に連れて行く同じルーテル教会でよく顔を合わせていた。そのヒーサーが、ジョーに対して、身分証明書代わりに運転免許証を見せてくれと言ったのだ。米国社会における共通の日常や、さりげない交わりや、折々の挨拶は、いったい何を意味するのだろう。自分たちの交流がまるで遠い過去の中の一コマのような、それも他人の過去だったような、身も蓋もない態度である。

ジョーは辛抱した。有り金を全部この銀行に預けているのだ。家を売った六万ドル近くをそっくり貯金したから、常識的にも多額である。おかしなことになって、自分の金を受け取れないなどという事態に相成っては大変だ。生きていくために必要なものなのだから。

おそらく、ローズ・タッカーを追いかけている連中が待ち構えているだろうから、アパートには戻れない。とりあえずは、どこかのモーテルにでも潜んでいるしかない。

アシスタントマネジャーは電話を終え、机のメモを見ながらそれを鉛筆で叩いていた。クレジットカードを使って、自動引出機から少額ずつでも引き出そうとも思ったが、それをやったら、こちらの動きがたちまち当局に押さえられてしまう。手配が各商店に及んでいる場合は、クレジットカードを使ったところで捕まってしまうだろう。

アシスタントマネジャーの机の電話が鳴った。受話器を引ったくるように取ると、アシスタントマネジャーはこちらをちらりと見てから、椅子を回転させて背を向けてしまった。まるで、唇の動きを読まれるのを警戒するかのようだった。

一定の手続きとやらが済んだ。どうやらジョーは、兄の預金を引き出そうとする悪い双子の弟でもないし、顔も、本人に似せたゴムのマスクではなく、本物であると認められたらしい。電話を終えたアシスタントマネジャーは、ゆっくりした動作であちこちの窓口の引き出しから百ドル札を集め、それをヒーサーのところに持って来た。それから、ヒーサーが総額を数えるのを、うすら笑いを浮かべながら見つめていた。

ジョーの勝手な想像かもしれないが、銀行が預金者に多額の現金を渡したがらないのは、持ち歩くのが危険だからという理由よりも、面倒に巻き込まれたくないからというのが本音のような気がした。政府は銀行に対して、五千ドル以上の出し入れを報告するよう義務づけている。これは麻薬密売業者たちが正規の金融機関を使って資金を浄化するのを防ぐためである。しかし実際には、こんな法律で、悪者たちが資金を浄化できなかったためしはない。代わりに、大勢の善良な預金者がこうして不快な思いをさせられ、不便を強いられるわけである。

古くから、人間社会においては、現金及びそれと同等のもの、つまりダイヤモンドや純金のコインなどは、自由と行動を保障してくれる最良の手段だった。ジョーにとっても、現金の持つ意味は、それ以上でも以下でもない。それなのに、ヒーサーとそのボスは、終始疑いの目をジョーに向けている。彼がその現金で、良からぬ取引をするか、最善でも、ラスベガスで乱痴気騒ぎでもするのだろうと思っているらしかった。

ヒーサーが二万ドルを茶封筒に入れているとき、アシスタントマネジャーの電話が再び鳴った。受話器に向かってコソコソしゃべりながら、アシスタントマネジャーの目はチラチラとジョーに向けられていた。

ジョーは最後の客として銀行を出た。心配のし通しで足がふらついていた。閉店時刻の五分過ぎだった。

外は相変わらずむっとする暑さだった。五時とはいえ、空は雲一つなく青かった。しかし、その青さには昼間のような深みはない。この薄っぺらな青さが、ジョーの記憶をくすぐる。それが何なのか、彼はなかなか思いだせなかった。車に入り、エンジンをかけたところでハッと気づいた。犯罪記者として最後に見た死体の目の色と同じだった。

銀行の駐車場から出るとき、ちらりと見ると、アシスタントマネジャーがドア口に立ってこちらを見つめているのが見えた。ガラスのドアはしかし、西日を反射させて彼の姿をほとんど消していた。もしかしたら、彼は車の型式を確認していたのかもしれないし、車両番号を記憶しようとしていたのかもしれない。それとも、単にドアの鍵を閉めていたのか。

死んだような青い空の下で、大都会がゆらめいて見えた。


車を走らせながら、ジョーは三車線向こうの小さなショッピングセンターに目をやった。茶色の長い髪をした女性が、フォードのエクスプローラーから降りるところだった。コンビニエンスストアの前に駐められたその車の後部ドアから、金髪をクシャクシャにした少女がピョコンと地面に降りた。二人とも顔は見えなかった。

ジョーは二人に気を取られ、危うく老人が運転する灰色のベンツと正面衝突しそうになった。その先の十字路で、信号が黄色から赤に変わったとき、ジョーは違反を承知で車をUターンさせた。

良心が咎めながらハンドルを回すジョーだったが、夕暮れよ早く来いと叫んでも太陽が動かないように、彼の体も意志どおりには動かなくなっていた。

心の叫びが彼を動かした。

自己規制が利かなくなった自分にうち震えながら、ジョーはエクスプローラーの隣りに車を止めた。ホンダから出た彼は、両足がふらついていた。

コンビニエンスストアの前に立って、ジョーは店の中をのぞいた。さっきの女性と女の子はこの中にいるはずである。しかし、大きなガラス窓にはポスターが貼られていたし、中の様子は、商品棚の陰になって見えなかった。

仕方なく店の窓から目を離し、ホンダに寄りかかって、妙な心理状態の自分の気を静めた。

墜落事故が起きてから間もない頃、ジョーは義母のベス・マッケイに紹介されて〝同情の友〟という、子供を亡くした親の全国組織の会を知るようになった。ベスはその会のバージニア支部に出席して、ずいぶん慰められたとのことだった。ジョーもこちらの支部の催しに何度か顔を出したが、すぐに行かなくなってしまった。その点、彼はほかの父親たちと同じだった。母親たちは生真面目に出席して、同じ立場の人たちと話しているうちに慰められることもあるらしいが、多くの父親たちは苦しみを自分の内側に取り込んでしまうようだった。ジョーは、積極的に手を伸ばして救済を見つける少数派の一人になりたかったが、男性心理からか、それとも単なる頑固さからか、一人で苦しみ思い悩む方がかえって慰められた。

〝同情の友〟に参加して分かったことが、少なくとも一つだけある。今、彼がとらわれているような心理状態、つまり抑制の利かない心の叫びは決して彼だけに限ったものではないということである。これは、よくあることで、その心理状態には〝探し求める行為〟という、学問上の名称までついている。

愛する者を亡くしたとき、人は誰でもこの〝探し求める行為〟に走るのだという。特に子供を亡くした親にその傾向は著しく、悲しみは人によって差はあるのだが、ジョーの場合は最悪だった。

死者はもう永遠に戻って来ない、と頭では分かっていたが、本能のレベルではまた三人に会えるのだと固く信じていた。時々、妻や娘たちがドアからふらっと入って来るのではないか、電話が鳴ったら三人のうちの誰かが出るのではないか、とふとそんな気がする時がある。ドライブしている時など、娘たちがいるものと思ってついうしろを振り向く。その時のむなしさは、言葉などではとても言い表わせない。

三人の姿は、ジョーの行く所どこにでも現われる。街なかで、遊び場で、公園で、海岸で。三人はいつも遠くを歩き、彼の視界から消えていく。ジョーはそっと見送る時もあれば、顔が見たくて追いかけたい衝動に駆られる時もある。三人の顔をのぞいて、思わずこう言いそうになる。

「ちょっと待ちなさい。お父さんも一緒に行くから」

ジョーは今、その衝動の最中にあった。車から離れると、コンビニエンスストアの入口に向かった。

ドアを押し開け、しばらくそこで躊躇した。ジョーにとっては拷問の瞬間だった。女性と少女がミッシェルでもニーナでもないと分かったときに胸の中をからっぽにして引いて行く激情の大波は、ハンマーとなって彼の心を打ち砕く。

今日あったこと――墓地でのローズ・タッカーとの出会い、彼女の言葉、ポスト社に託されていた仰天のメッセージ――すべてが常識はずれで途方もなくて、この調子でいくと、どんなことでもあり得るような妙な気分にさせられる。もし、ローズ・タッカーが六千メートルの上空からコロラドの地面に墜落して、傷も負わずに現場を歩き去ったとなると、すべての理由を取り払って人間界の論理を組み立て直さなければならない。そう考えると自分をかたくなに閉じ込めていた〝無関心〟という名の鎧が脱げるような気さえしてくる。ジョーの胸の奥に希望の光さえ差し始めた。

ジョーは店の奥へ進んで行った。

行く手の左にレジがあった。三十代とおぼしき端正な顔の韓国人女性がソーセージのパックを商品棚に並べていた。彼女はジョーに向かって会釈した。

おそらく彼女の旦那なのだろう、レジの向こうに立っていた韓国人の男性が「暑いですね」と言ってジョーに言葉をかけてきた。

ジョーは二人を無視して、四つある商品棚の最初の棚を通り過ぎた。それから、二つ目の棚を通り過ぎ、三つ目の棚をのぞいてみると、女性と少女がそこの通路の奥にいた。

二人とも背をこちらに向け、飲み物が詰まったクーラーボックスの前に立っていた。ジョーはしばらくその場に立ち、二人がこちらを向くのを待った。

女性の方は、足首で結ぶ白いサンダルを履いていた。それに、白いコットンのスラックスとライムグリーンのブラウス姿だった。ミッシェルも同じようなサンダルを履いていたことがある。スラックスも同じようなものを持っていた。だが、ブラウスが違っている。ジョーが記憶する限り、ミッシェルがあんなブラウスを着たことはない。

ニーナと同じ年格好の少女の方は、母親と同じような白いサンダルを履き、下がピンクのショーツに、上は白いTシャツだった。首を片方に傾げ、手をブラブラさせるところまでニーナにそっくりだった。

〈ナイナ、ナイナ、ナイナを見たか？〉

ジョーは気がついてみると通路の半ばまで来ていた。

少女の声が聞こえてきた。

「お願い、〝ルートビア〟を買って！」

ジョーは思わず呼びかける自分の声を聞いた。

「ニーナ！」

ニーナも〝ルートビア〟が大好きだった。

「ニーナ？　ミッシェル？」

母娘がこちらを向いた。ニーナでもミッシェルでもなかった。

そんなことは初めから分かっていたはずだった。だが、彼は理屈にではなく、心の叫びに従って行動していた。

初めから分かっていても、二人が見知らぬ母娘だと知ったとき、ジョーはみぞおちに一撃を食らったような衝撃を受けた。

愚かにも、彼はこう言って二人に声をかけた。

「そこに立ってるから……ぼくはてっきり……」

「はい、何でしょう？」

女性が怪訝そうな声で答えた。

「その子を……一人にしてはいけません」

ジョーはそう言いながら、自分の声がしわがれているのに驚いた。

「その子から目を離さない方がいい。子供は絶対一人にしちゃダメです。目の届く所に置いておかないといなくなってしまいますから」

女性の目に警戒の表情が走った。

女の子は四歳の無邪気さで、さも親切そうに言った。

「おじさん。とっても臭うから、石けんを買った方がいいわよ。石けんはあそこの棚にあるから、わたしが教えてあげる」

母親はあわてて女の子の手を取り、自分の方に抱き寄せた。

ジョーは言われて初めて自分の悪臭に気がついた。彼の体は相当臭っているはずだった。二時間海岸にいて、それから墓地へ行き、何度も冷や汗で体中を濡らした。おまけにその間、海岸でビールを飲んだ以外、何も食べていないから、息はビール臭いはずだった。

「ありがとう、お嬢ちゃん」

ジョーは優しい声で言った。

「そうだね。おじさんは臭うから、石けんを買った方がいいね」

彼の背後から誰かが声をかけてきた。

「大丈夫ですか？」

ジョーが振り返ると、そこにいたのは、店のオーナーの韓国人だった。さっきの愛想はどこへやら、韓国人は心配そうに顔をしかめていた。

「知り合いかと思ったんです」

ジョーは説明した。

「昔一緒にいたことのある……知っている人たちだと思ったんです」

今朝アパートを出る時ヒゲを剃らなかったことを思いだした。汗で脂ぎった顔に無精ヒゲを生やし、ビール臭い息を吐きながら絶望の目をギョロつかせていたら、どんな格好に見えるか想像に難くなかった。銀行員たちがなぜあんな態度をとったかも、ジョーは今になって理解できた。

「大丈夫ですか？」

経営者は女性に向かって尋ねた。女性は不安げな顔で答えた。

「と思いますけど」

「ぼくはこれで失礼しますから」

ジョーの内側で、胃が上昇し、心臓が体の底穴に落ち込んだ。まるで内臓器官のすべてが位置換えしたような感覚だった。

「心配しないで。単なる間違いですから。ぼくはこれで失礼します」

ジョーがレジの前を通り、ドアに向かうとき、今度は店の女性の方が声をかけてきた。

「大丈夫ですか？」

「いえ、別になんでもないんです」

ジョーは急いで外へ出た。外はまだ日差しが強くて、暑かった。

ホンダに戻ったとき、助手席に茶封筒が放り投げられたままなのに気づいた。二万ドルもの現金を外から見える所に放っておくなんて。奇跡はコンビニエンスストアの中では起きなかったが、ロサンゼルスのショッピングセンターで現金が盗まれずにまだそこにあるのは紛れもない奇跡だった。

キリキリと痛む腹を抱え、呼吸もままならないほどの胸の苦しさに耐えながら、果たして安全運転ができるのかどうか、ジョーは自信が持てなかった。だが、その場でもたもたしていると、さっきの女性にストーカーと誤解されそうだったから、とりあえず車をスタートさせてショッピングセンターを出た。

エアコンのスイッチを入れ、冷たい空気が自分の顔に当たるよう、風向きを調節した。そして、肺を患う病人のように、肩を上下させて息をした。吸い込むことができた空気は、体の中で重く感じられ、まるで煮え立つ液体のようだった。

ふらふらになりながら、ジョーはハンドルに半ば寄りかかり、ぜんそくでも患ったようにゼイゼイと息をしていた。

353便の運命を操った人間たちを破滅させずにはおかないと誓った数時間前の自分を、ジョーは笑うしかなかった。誰も止めることができない復讐鬼などになり切れるわけがないのだ。今の自分を見れば分かる。海に浮かぶボロきれ同然ではないか。人に危害を与えるなどとてもとても――。

もし747型ジャンボ機墜落に関する真相が判明して、そこになんらかの背信行為があったとしたら、それにかかわる者たちは、おそらくこぶしを上げるチャンスも与えずに、ジョーを殺すだろう。全国に組織を巡らし、強大な力を持つ連中なのだ。ジョーの独力では裁判などに持ち込めるはずもない。

それでも、ジョーはやめるつもりはなかった。内なる叫びが彼を動かした。〝探し求める行為〟は止まらなかった。

電気カミソリとアフターシェーブを買うため、Kマートに立ち寄った。一緒に、歯ブラシとペーストと二、三の化粧品を買った。

蛍光灯の光が目にしみて痛かった。彼が引いたショッピングカートの車輪の一つが不調で、それがガタピシするたびに頭痛がさらにひどくなった。

ジョーは大急ぎで、そのほか差しあたって必要な物を買い求めた。スーツケースに、ジーンズを二本と、灰色のスポーツジャケットを一着——まだ八月だというのに、並べられていたのは冬物ばかりだったから、ジャケットの生地はコールテンでもやむを得なかった——それから、下着とTシャツと、ジョギング用のソックスと、ナイキのスニーカーを一足買った。試着する時間などなかったので、表示されているサイズを頼りに求めた。

Kマートを出てから、マラブの海岸沿いに清潔そうで手ごろなモーテルを見つけた。ここなら、あとでゆっくり波の音を聞きながら眠れるだろう。ジョーはチェックインすると、すぐヒゲを剃り、シャワーを浴びて、新しい服に着替えた。

日没まで一時間を余す七時半、ジョーは東に向かって車を走らせていた。

目指すはカルバーシティである。カルバーシティにはトーマス・リー・バダンスの未亡人が住んでいる。トーマスは353便の乗客名簿にあった男だ。その妻ノーラに関する記事が『ポスト』紙に載っていた。

途中マクドナルドに寄って、チーズバーガーを二個とコーラを一カップ買った。店の公衆電話にあった鉄の鎖の付いた電話帳で、ノーラ・バダンスの住所と電話番号を見つけた。

記者生活での習慣から、彼はいつも『トーマス・ブラザーズ・ガイド』を持ち歩いていた。これがあると、ロサンゼルスのどんな細い道でも見つけられるのだ。しかし、バダンス夫人が住んでいる辺りのことは彼もおおよそは知っていた。

ハンドルを握りながら、チーズバーガーを二つとも平らげ、口の中をコーラで洗い流した。ジョーは久しぶりの食欲に我ながら感心していた。

屋根付きの塀で囲われた平屋。壁のトリムもシャッターも白かった。ニューイングランド海岸地方のコテージとカリフォルニアのランチハウスをミックスした造りで、とても魅力的な家だった。

西の空がオレンジピンク色に染まり、紫色の夜空が東の空に滑り込んできたとき、ジョーは石段を二歩上がり、玄関のベルを鳴らした。

ドアから顔を出した女性は三十歳ぐらいで、すっきりした顔の美人だった。ブルネットだが、頭髪は多少赤毛っぽかった。顔にはソバカスがあり、目は緑色だった。カーキ色のショーツをはき、ほころびかけた男物の白いシャツを、腕まくりして羽織り、髪はクシャクシャのままで、汗ばんだ顔の頬には何かの汚れがついていた。

様子から判断するに、何か片づけ事をしていたのだろう。多分、泣きながら。

「バダンスさんですね？」

ジョーが尋ねた。

「はい、そうですけど」

記者時代の彼には、インタビューの前の自己紹介は慣れたものだった。だが、どうしたわけか、いつの間にか下手になっていた。第一、これから質問することの重大さに比べて、彼の格好はラフすぎた。ジーンズはゆるゆるで、ベルトで締めたウエストにシワが寄ってみっともなかった。それに暑かったので、スポーツジャケットを車の中に置いてきたから、上はTシャツだけだった。Tシャツなど買わずに、ちゃんとしたシャツにすればよかったと、ジョーは悔やんだ。

「バダンスさん、実はちょっとお話できないかと思いまして――」

「わたし今、とても忙しいんですの――」

「わたしはジョー・カーペンターと申します。妻と二人の娘を飛行機事故で亡くした者です」

彼女は吸い込んだ息を止めた。

「一年前の？」

「ええ。一年前の今夜でした」

バダンス夫人はうしろに下がって、ドアを開けた。

「どうぞお入りください」

ジョーは彼女のあとについてリビングルームに足を踏み入れた。目を見張るような豪華な部屋だった。カーテンも椅子のクッションも、ひと目見て高価な物だと分かった。部屋のすみの明かりのついたディスプレーケースには、リヤドロの陶器がたくさん並べられていた。

夫人に勧められてジョーがアームチェアに腰をおろすと、夫人はドアロへ行って大きな声で誰かを呼んだ。

「ボブ！　お客さんが来てますからね」

「土曜日の夜などにお邪魔して申しわけありません」

ジョーは突然の訪問を詫びた。

ドアロから戻って来た夫人はソファーに腰をおろして言った。

「そんなことかまいませんわ。でも、わたしはあなたが会いに来たバダンス夫人ではありません。わたしはノーラではなく、名前はクラリスです。あの事故で夫を亡くしたバダンス夫人は、わたしの義理の母に当たる方です」

家の裏から一人の男性がリビングルームに入って来た。クラリスはその男性を夫だと言って紹介した。妻より二、三歳年上らしい夫は、ヒョロリと背が高く、頭をスポーツ刈りにして、表情もマナーも穏やかだった。ジョーの手を固く握り、笑みも自然だったが、その日焼けした顔にはどこか陰が、その青い目には悲しげな表情があった。

ボブ・バダンスが妻の横に腰をおろすと、妻は、ジョーの家族が同じ事故で死んだことを夫に説明した。

それから彼女は、ジョーに向かって言った。

「亡くなったのはボブのお父さんで、商用旅行からの帰りだったんですよ」

話し合ううちに、ジョーとボブ夫妻のあいだには見えない絆が結ばれていった。特に、最初に悲劇のニュースを聞いた時の心情をお互いに吐露し合ってからは、夫妻とジョーを隔てていた壁が完全に取り払われた。

あの夜、クラリスとボブは、二組の同僚夫妻と一緒に外で夕食をしていた。ボブは、サンディエゴの北にあるミラマー海軍基地に勤務する戦闘機パイロットだった。小さなイタリア料理店で食事を済ませたあと、六人はテレビのある近くのバーに移った。

そのとき、野球中継が中断され、ネイションワイド航空353便の臨時ニュースがテレビ画面に映し出された。父親がその夜ニューヨークから戻って来るのをボブは知っていた。便名は分からなかったが、ネイションワイド航空をよく利用していた父親だったので、ボブは急に心配になり、バーの電話を使ってネイションワイド航空に電話してみた。電話はすぐLA空港内の広報担当につながれ、担当者はトーマス・リー・バダンス氏が乗客名簿に載っていることを確認した。

ボブとクラリスは、ミラマー基地からカルバーシティまで車を飛ばした。それまでなら考えられなかったような最短時間で父親の自宅に着いた。

ボブはあらかじめ母親のノーラに電話しておくことはしなかった。果たして母親がニュースを知っているかどうか分からなかったし、もし知らないでいるなら、電話ではなく面と向かって知らせたかったからだ。

着いたとき深夜を過ぎていたにもかかわらず、家の中からは明かりが漏れていて、表玄関のドアには鍵がかかっていなかった。母親はキッチンにいて、大きな鍋でコーンチャウダーを作っていた。同時に、オーブンではクルミ入りのチョコレートチップクッキーも焼いていた。どちらも父親の大好物だからだ。母親はすでにニュースを知っていた。夫がロッキー山脈の東で果てたこともテレビを見て知っていた。だが、何かせずにはいられなくてそうしていたのだ。

二人が結婚したのはノーラが十八歳、トムが二十歳の時だった。以来三十五年間、仲むつまじい夫妻だったから、片方が突然いなくなったからといって、いつもの習慣は変えられなかった。

「わたしの場合は、空港へ迎えに行って分かったんです」

ジョーは自分たちの家族のことを説明した。

「娘たちは妻に連れられてバージニアにある母親の実家を訪問してから、叔母のデリアに初めて会うためニューヨークへ行っていました。わたしは空港に早めに着いて、到着がスケジュールどおりかモニターで確認したんです。定刻どおりに表示されていたので、到着ゲートへ行ったところ、航空会社の職員たちがなにやらコソコソした態度で出迎えの人たちを別の個室に案内しているんです。その若い職員がわたしの前に立って口を開こうとしたとき、彼が何を言おうとしているのか、わたしは直感で分かりました。だから言ったんです〝話すな！ 何を言うつもりなんだ、きみは！〟ってね。それでも若い青年は話し始めたので、わたしはそっぽを向きました。職員がわたしの腕に手を置いたので、それも振り払いました。話すのをやめさせるため、パンチを見舞いそうになりました。でも、ほかに女性職員二人とその青年の三人に取り囲まれていたので、わたしは自重しました。変なもんですよね。話を聞かなければ、娘たちは戻って来るって、そんな気がしてならなかったんです」

三人は、一年前に聞いた、事故を伝える他人の声を思いだして、しばらく沈黙した。

「お母さんは長いあいだ悲嘆に暮れていたんですけど」

沈黙を破ったのはクラリスだった。〝お母さん〟と言ったときの声がいかにも仲のいい嫁と姑を感じさせた。

「彼女はまだ五十三歳なんですけど、お父さんとはとても――」

「仲が良かったんです」

ボブが言葉を継いだ。

「あんなに落ち込んでいた母が先週われわれが訪問した時はすっかり元気になっていて。もともと明るい母親なんです。事故の前は本当に元気で――」

「人々からも好かれたし、友達を大切にする人だったんです」

今度はクラリスが夫の言葉を継いだ。まるで、夫妻で二人三脚をしているようだった。

「それが先週突然、元の快活な彼女に戻っていたんです。どうしたのかと不思議に思いました」

ノーラ・バダンスを故人扱いするような二人の話し方に、ジョーは背すじが寒くなった。

「何かあったんですか？」

クラリスはショーツのポケットからクリネックスを取り出して、目をぬぐった。

「先週わたしたちに会ったとき、お母さんは〝トムは永久にいなくなったわけじゃない〟って謎めいたことを言ったんです。でも、とても幸せそうで――」

「明るかったんです」

ボブが妻の手を取った。

「われわれもその時は気づかなかったんですよ、ジョー。あんなにメソメソしていた母がなぜ急に生き生きしだしたのか……あんな母を見るのは一年ぶりでした……でも、つい四日前……母は自殺したんです」

葬儀は前日に営まれていた。ボブとクラリスは翌週の火曜日までこの両親の家にとどまるつもりで、親類に形見の品を配ったり、使える物を救世軍に寄付したりして、母親の遺品を整理しているところだった。

「つらいわ」

クラリスは白いシャツの袖をまくったり下ろしたりしながら言った。

「とても素晴らしい人だったんです」

「不都合なときにお邪魔してしまいました」

ジョーは椅子から立ちかけた。

「わたしはそうとは知らずに――」

ボブはあわてて腰を上げ、懇願するように手を前に差し出して言った。

「いや、いいんです。どうぞそのままいてください。お互い同じ身の上ですから、いいじゃないですか……荷造りしながら泣いているよりも、話ができて……われわれも……」

ボブは肩をすぼめた。手足の長い、動作の優雅な男だった。

「お互い同じ目に遭って――」

「――そのつらさが分かり合えますからね」

クラリスが夫の言葉を完結させた。

少し迷ってから、ジョーはもう一度椅子に腰をおろした。

「二、三お訊きしたいことがあったんですが……お宅のお母さんでなければ答えられないことなので……」

クラリスは、いったんまくった袖を、またほどいてはまくり直していた。話しているときにこうして何かしていないと、手が勝手に動きだして、顔を覆うとか、髪の毛をかきむしるとか、げんこつで何かを叩くとかしそうで、それを恐れているような彼女の仕草だった。

「何か冷たい物でも召し上がりますか、ジョー？」

「いいえ、結構です。用件だけ済ませて、わたしはおいとまします。バダンス夫人におうかがいしたかった件は、最近、ローズと名乗る女性の訪問を受けなかったかということなんです」

ボブとクラリスは顔を見合わせた。そして、ボブが言った。

「それは黒人の女性ですか？」

ジョーはブルッと震えた。

「ええ。百六十センチもなさそうな小柄な女性ですが、とても目立つ人です」

「お母さんから詳しく聞いたわけじゃないんですけど」

クラリスが言った。

「確かに、そのローズとかいう人はお母さんのところに来て、何か話したようです。それ以来、お母さんの様子が変わってしまって、わたしたちは、その人が――」

「カウンセラーか何かだと思ったんですよ」

ボブが妻の話を引き継いだ。

「でも初めは、世間知らずの母をだましているのではないかと、気に入らなかったんです。これが最近はやりの――」

「――インチキ宗教かと思ったんです」

クラリスは身を乗り出して、ソファーテーブルの上の造花の花びらを直しながら言った。

「お母さんを惑わせて、全財産を取り上げるんじゃないかって――」

「――でも、そのローズという女の話をする時の母は――」

「――とても幸せそうで、お母さんに害があるとはどう考えても思えなかったんです。いずれにしても、このローズという女性は――」

「――もう戻って来ないんだって、母は言っていました」

ボブは続けた。

「母が言うには、ローズのおかげで、父がいま安全な所で安らかにしているのが分かるんだそうです。死は決して終わりを意味するのでなく、その先があって、父はいま元気なんだって彼女は信じていました――」

「――どういう過程を経てそう信じるようになったのか、お母さんはそのことについては何も言いませんでした。教会へもあまり行かなかった人なんです」

クラリスが説明を続けた。

「ローズという人が誰なのか、お母さんにどんな話をしたのかも、わたしたちには話してくれなかったんです――」

「――母は、あの女性についてはいっさい話そうとしなかった」

今度はボブが説明した。

「それは今のところは秘密だって言うんです。そのうちみんなが――」

「――知るようになるって」

「何を知るようになるんでしょう？」

ジョーはそこのところが知りたかった。同じ言葉をローズ本人から直接聞いているのだ。

「父がどこかで元気にしていることだと信じる方法を――」

「いいえ。そういうことじゃないと思うわ」

クラリスがそう言って、造花をいじるのをやめ、両手をひざの上で組み合わせた。

「もっと深い意味があると思うの。わたしたちが死んだあとどこへ行くのか……それが分かるという意味にわたしは受け取ったけれど」

ボブはため息をついた。

「正直に言って、あんなに現実的だった母の口から迷信じみた話を聞くのは気味が悪くて嫌でした。でも、あんな悲劇のあとですからね。母さえ幸せならいいと思って――」

「――害があるとは思えませんでしたから」

彼が期待していたのは死後の世界の話ではない。がっかりはしないまでも、ジョーは当てがはずれてしまった。353便に何が起きたのか、その真相を知るローズ・タッカーが責任追及ののろしを上げ始めたものと勝手に解釈して、期待をふくらませてやって来たのに。だから、神秘主義や精神的カウンセリングの話になって、ガスを抜かれるような嫌な気分だった。

「このローズの住所とか電話番号は、この家にはないんでしょうか？」

ジョーの質問に答えたのはクラリスだった。

「いいえ、それはないと思います。お母さんはその件に関してはとても謎めいていましたから」

彼女は夫に顔を向けた。

「あなた、写真を見せてさしあげたら？」

「まだ寝室にあるから、おれが取ってくる」

ボブはそう言って、ソファーから立ち上がった。

「何の写真ですか？」

一人になったクラリスに、ジョーは尋ねた。

「不思議な写真です。そのローズという人がお母さんのところに持って来た写真です。ちょっと不気味なんですけど、お母さんはそれを見るたびに安心するようでした。お父さんの墓石の写真です」

ポラロイドカメラで写したカラー写真だった。写真には、トーマス・リー・バダンスの墓石が写っていた。誕生日と死亡した日と〝幸せな夫にして、愛されし父親〟との銘が刻まれている。

墓地に立つローズ・マリー・タッカーがジョーの記憶の中で甦った。

〈〝まだお話できる時期ではありません〟〉

「その額はお母さん自身が買ってきたの。写真をガラスの中に入れておきたいって。彼女にとっては、少しでも傷をつけたくないほど大切だったんです」

クラリスが言った。

「先週、われわれがここに泊まりに来て、丸三日間滞在していたあいだ、母さんはその写真をどこへ行くにも持ち歩いていたな」

ボブは続けた。

「キッチンで料理をしている時も、ファミリールームでテレビを見ている時も、中庭でバーベキューをやった時も、母はその写真を手放さなかった」

クラリスが例によって、話のあとを継いだ。

「一緒に外食に出かけた時はハンドバッグの中に入れて行ったんですよ」

「でも、ただの写真ですよね？」

ジョーは不思議な話にますます興味をそそられた。

「ええ。ただの写真です」

ボブ・バダンスはうなずいた。

「自分で写したはずがありませんから――このローズとかいう女性が写したところに何か価値があったんだと思うしかないな」

ジョーは、銀メッキされた額の枠とスムーズなガラスの表面をなでた。その手つきはまるで、魔術師が、写真の発散する霊的エネルギーを吸収して、その意味を探り当てでもするかのようだった。

「それを最初にわたしたちに見せてくれたとき、お母さんの表情はなんて言うか――」

「――われわれの反応を期待するような顔でした」

写真をコーヒーテーブルに戻しながら、ジョーは顔をしかめた。

「反応って、たとえばどういう種類の反応です？」

「最初、わたしたちにはなんのことやら分からなかったんです」

クラリスはそう言うと、シャツの袖で額の枠とガラスの表面を磨き始めた。

「ボブもわたしもなんの反応も示さないでいると、お母さんは、何か見えないかと催促するんです」

「見えるのは墓石だけですよね？」

ジョーが念を押した。

「ええ。父さんの墓です」

ボブが確認した。

しかし、クラリスは首を横に振っていた。

「お母さんにはもっと別の何かが見えるようでした」

「別の何かとは、たとえば？」

「お母さんはそのことについては何も言いませんでした。ただ──」

「──われわれにも見える時が来るって言うんです」

ジョーの記憶の中で、カメラを持ったローズ・タッカーが墓石の前で言っていた。

〈〝今に分かりますよ。あなたにもみんなにも〟〉

「このローズという人のことをご存知なんですか？　どうして彼女のことをわたしたちに尋ねられたんですか？」

クラリスは、ジョーがこの件にどうかかわっているのか知りたがった。

ジョーは墓地で彼女に出会ったことを話した。だが、白いバンの男たちのことについては何も言わなかった。

「彼女がわたしに話したことから判断すると……彼女はわたしの妻や娘たちの墓だけでなく、

誰かほかの犠牲者の墓石も写していたんだと思います。わたしに〝絶望してはいけない、まだ話せないけれどそのうち分かるから〟って言うんですが、わたしはそんなに待てないんです。彼女がほかの人たちにどんな話をしているのかだけでも早く知りたいと思いまして」

「彼女の話の内容がどんなことにしろ、それでお母さんの元気が戻ったのは確かだわ」

「それはどうかな？」

ボブが初めて妻の言葉に疑問を呈した。

「お母さんは少なくとも一週間は幸せでした」

「でも結局こうなったじゃないか」

もしジョーが、気の毒な犠牲者やその家族たちに嫌な質問をぶつける記者生活をしていなかったら、ボブとクラリスのような好人物を新たに苦しませるような質問は、たとえ思いついても控えていただろう。しかし、あんな異常なことが続いたあとだ。ジョーはやはり訊いておきたかった。

「自殺だったって、確信できますか？」

ボブは話しかけたが、すぐ口をつぐんで、顔をそらし、涙を振り払うために目をしばたいた。

夫の手を取ると、クラリスはジョーに向かって言った。

「疑問の余地はありません。ノーラは自分で命を絶ったんです」

「何か遺書のようなものはのこされましたか？」

「いいえ。なぜ死んだのか、手掛かりになるようなものはいっさいありませんでした」

「でも、夫人はとても元気で幸せだったっておっしゃいましたね？　もしそうなら――」

「お母さんはビデオテープをのこしていました」

「別れの挨拶のテープですか？」

「いいえ。それが変なテープなんです……あの恐ろしい……」

クラリスは首を振り、顔をゆがめて、言葉に詰まっていた。しかし、とうとう思い切って言った。

「そのものズバリが映っているんです」

ボブはいきなり妻の手を振り払って、立ちかけた。

「おれは酒好きじゃないんだけどね、ジョー。飲まなくちゃ、とても話せない」

ボブの口調が投げやりになった。ジョーは気を滅入らせながら言った。

「お二人を悲しませるつもりはなかったんですが――」

「いや、いいんだよ」

ボブは、恐縮するジョーをかえって慰めた。

「おれたちは皆あの事故の犠牲者なんだ。共通の悲しみを持った家族みたいなものさ。家族の前ではなんでも言えなくちゃ。何か飲むかい、ジョー？」

「ええ、いただきます」

「クラリス、おれが戻るまでビデオの話はしないでくれ。おれがいないときに話した方がいいんじゃないかとおまえは思っているかもしれないが、それはカン違いだからな」

「ええ、あなたが戻って来るのを待ってます」

そう答える妻を、ボブは優しいまなざしで見つめていた。クラリスの夫を見つめる目も愛情に溢れていた。ジョーは自分が失ったものの大きさをあらためて思い知らされて、顔をそむけるしかなかった。

ボブが部屋を出て行くと、クラリスはまた造花をいじりだした。それから、ひじをひざの上に載せて、顔を両手で覆った。

彼女は顔を上げるなり言った。

「ボブはとても人がいいの」

「ええ、いい人ですね」

「いい夫で、いい息子——でもみんなは本当の彼を知らないわ。湾岸戦争に従軍したタフな戦闘機乗りというイメージを持っているんでしょうけど、彼は本当はとても優しい人なの。信じられないくらいセンチメンタルなところはお父さん似だわ」

ジョーは、彼女が本当は何を言いたいのか、黙って耳を傾けた。

少し言いよどんでから、彼女は続けた。

「わたしたち、子作りを怠っちゃったんです。わたしはもう三十歳だし、ボブは三十二歳だわ。

今までいくらでも時間があったのに、これからでは、生まれる子供たちが、あんなにいいおじいちゃんおばあちゃんを知らずに育つことになるんですもの」

「それはあなた方の責任じゃありませんよ」

ジョーは言った。

「われわれは列車の乗客みたいなもので、運転は別の人間がやっているんです。どんなに自分で運転したくても、それができないのが人間というものじゃないでしょうか」

「あなたはそこまで達観していらっしゃるの？」

「ええ。そうなれるよう努力してます」

「それで、その努力はもう完成の域なんですか？」

「とんでもない。まだまるで出発点です」

クラリスは小さな声で笑った。

人を笑わせるなんて、ジョーにとっては一年ぶりのことだった――もっとも、今日の午後、ローズの友達を電話で笑わせはしたが。クラリスの笑いには苦悩や皮肉も感じられたが、同時にほっとさせるものもあった。とにかく、他人の心を少しでも動かしたことで、ジョーは、長いあいだ世間と隔絶していた自分と普通の人との生活に一つの接点を見いだした。

しばらく沈黙してから、クラリスが言った。

「このローズという人、悪い人の可能性もあるのかしら、ジョー？」

「いや、その反対じゃないでしょうか」

開けっぴろげで、人を疑うことを知らなさそうな、ソバカスだらけのクラリスの顔がちょっと曇った。

「あなたはずいぶん確信しているようね」

「彼女に会えば、あなただってそう思いますよ」

ボブ・バダンスが戻って来た。抱えていたトレーにはグラスが三つと、氷を入れたボール、それに、セブンアップの一リットルビンと、シーグラムのセブンクラウンを一本載せていた。

「これでがまんしてもらおうかな」

ボブは品数がないのを謝った。

「この家では、お酒を飲む人がいなかったんですよ。でもちょっとやるには、シンプルな方がいいだろう」

「これで充分です」

ジョーはでき上がった〝セブンアンドセブン〟を受け取りながら言った。

三人はそれぞれ自分の飲み物を味見した。ボブは自分のだけは特別に強く作っていた。そのとき部屋の中で聞こえていたのは、氷のかけらがグラスの中でぶつかり合うカラカラという音だけだった。

クラリスが話を再開した。

「お母さんがそのシーンをテープに撮っておいたので、自殺に間違いはないんです」

聞き違えたのかと思って、ジョーは質問した。

「誰がそのテープを録画したんですか？」

「ノーラです。ボブのお母さん」

クラリスがはっきりと言った。

「自分の自殺する様子を自分で録画したんです」


赤と紫の光の中で薄暮が終わり、リビングルームの黄色と白の窓に、黒い夜のとばりがおりた。

クラリスは、感心するほどの落ち着いた態度で、義母の戦慄すべき自殺の光景を簡潔明瞭に描きだしてみせた。小さな声で話す彼女のひと言ひと言は、鐘のように響いて、ジョーの内側を揺らした。それが積もり積もって、ついにジョーはガタガタと震え始めた。

ボブ・バダンスはもう妻の話には加わらなかった。クラリスにもジョーにも目をくれず、ただ黙って、グラスを見つめては、それを何度も口に運んでいた。

夫人の死を録画したサンヨーの八ミリカムコーダーは、もともとトム・バダンスの愛用品で、ニューヨークに出かける時に書斎のクローゼットに仕舞い込んでいったものだった。

扱いやすい機械だった。ファジー理論に基づいた全自動カメラで、シャッタースピードも色のバランスも、すべてカメラが計算するようになっていた。ノーラは使い方を知らなかったが、説明書を読んだだけで基本操作だけはすぐに分かった。

バッテリーが切れていたらしく、バダンス夫人はわざわざ充電までしていた。バッテリーチャージャーのACアダプターが電源に差し込まれていたのを警察が見つけている。

その週の火曜日の朝、ノーラは家の裏庭に出て、そこのテーブルの上にビデオカメラをセットした。カメラの角度の調整にはペーパーバックの本を使い、その場で録画ボタンを押した。

カメラを録画状態にしておきながら、ノーラは屋外用の椅子をレンズの三メートル前に置いた。それから、カメラの所に戻って来て、ファインダーをのぞき、椅子がフレームの中に入っているのを確認している。

椅子の所に再び戻り、位置を少し修正してから、カメラの視界の中で服を脱ぎ始めた。人に見られることを意識するでもなく、入浴前に裸になるような気軽さで、途中躊躇することもなく、完全な裸になった。ブラウスやスラックスや下着をきれいにたたみ、それを裏庭の御影石の上に置いた。

丸裸になった彼女がいったんカメラの画面から消えた。家の中、キッチンへ行ったのだろう。四十秒後、画面に戻って来た彼女は肉切り包丁を携えていた。そして、レンズに面と向かい合う形で椅子に腰をおろした。

検死官の予備的な報告によると、心身共に健康と考えられるノーラ・バダンスは、夫の死による精神的な落ち込みから、火曜日の午前八時十分頃、自らの命を絶ったのだという。報告書には、その様子が詳しく述べられている。彼女はまず、肉切り包丁の柄を両手でしっかり握り締め、刃を自分の腹部に向けて力いっぱい刺し込んだ。刃を抜くと、さらにもう一度刺した。三度目に刺し込んだ時は、腹部を右に左に切り裂き、内臓を露出させた。それから、ナイフを落とし、椅子から転げ、出血多量で一分もしないうちに死に至ったと考えられる。

カメラは亡骸(なきがら)を、八ミリカセットの容量がなくなるまでおよそ二十分間録画してあった。二時間後の十時半、六十六歳になる日本人の庭師タカシ・ミシマが予定に従って庭の手入れに訪れ、ノーラの遺体を発見して、すぐさま警察に通報した。

クラリスの話を聞いたあと、ジョーはひと言発するのがやっとだった。

「なんということだ！」

ボブは三人の飲み物を注ぎ直した。彼の手は震え、ぶつかり合うグラスがトレーの上でカチャカチャと鳴った。

しばらく沈黙があってから、ジョーが口を開いた。

「そのテープはいま警察にあるんですね？」

「うん。公聴会か審問会かそういうものが開かれるまではね」

ボブが答えた。ジョーはさらに質問した。

「すると、あなた方の知識は間接的なもので、実際にはテープを見ていないんですね？」

「おれは見てないけど、クラリスは見ましたよ」

彼女は自分のグラスをじっと見つめていた。

「テープの内容を聞かされても……ボブもわたしも信じられませんでした。警察だから、わたしたちに嘘をつくはずはないんですけど、内容があんまりですから、わたしは金曜日の朝、葬儀の前に警察署に行って見せてもらったんです。やはり自分たちの目で確かめておかなければならないことですから、テープは返してもらったら、切り刻むか、燃やすかして、処分するつもりです。ボブには見せられません」

ジョーの内側で、クラリスを称賛する気持ちがますます強まった。

「ちょっと疑問点があるんですけど、いいですか？」

「どうぞ」

ボブが言った。

「われわれにだって、分からないことだらけなんです」

「まず……強制された様子はないようですが、その点はどうなんでしょう？」

クラリスが首を横に振った。

「強制されてあんなことはできません。心理的なプレッシャーや脅しでは無理です。それに、画面には第三者の影はまったく映っていません。その雰囲気すらないんです。ノーラの視線がカメラから一度も離れなかったことからも、彼女が一人だったことが分かります」

「あなたの説明によると、ノーラ夫人は感情を表わすことなく、まるで機械のような冷徹さで自殺を成し遂げているように聞こえますが」

「ええ。画面に映っている彼女はだいたいそうでした。表情がぜんぜんないんです」

「だいたい？　ということは、少しは感情を表わしていたんですか？」

「ええ。二度ほどありました。ほとんど裸になったとき、最後にちょっと躊躇していました。パンティを脱ぐときです。万事に控えめな人でしたから。カメラの前で丸裸になるなんて、そこが、この件での摩訶不思議なことの一つです」

ボブは目を閉じ、セブンアンドセブンの冷たいグラスを額に当てながら言った。

「仮に、母さんが精神的におかしくなっていたんだとしても、自殺するのに、わざわざそれをビデオで撮ったり、あとで他人に見られるということが分かっていながら、裸になるなんて、どう考えても理解できないんです」

クラリスが話のあとを継いだ。

「裏庭は周囲を高い塀で囲まれていて、その上にブーゲンビリアが茂っていますから、近所の人には見られなかったでしょうけど、ボブの言うとおりです。自分の裸を見せたいとは思わなかったはずです。とにかくパンティを脱ぐときは躊躇していました。そのときです、死んだような無表情な顔に、ほんの一瞬でしたけど、恐怖の表情がよぎりました」

「恐怖の表情って、どんなふうだったんですか?」

ジョーが訊いた。

ビデオのおぞましい内容を頭に思い浮かべてだろう、クラリスは顔をしかめて、その瞬間を解説し始めた。

「最初、目はトロンとしてなんの表情もなく、まぶたはちょっと重そうでしたが……それが突然大きく見開かれて、普通の目みたいに深みを帯びたんです。顔をゆがめて、何か怖がっているようなショックの表情でした。でも、それはほんの二、三秒続いただけでした。それから、ブルッと震えると、ショックの表情は消え、あとはまた機械のように静かになりました。そして、脱いだパンティをたたんで横に置いたんです」

「何か薬を使っていた様子はありませんでしたか?」

ジョーは一応そっちの可能性を訊いてみた。

「人格が変わるほど何かの薬漬けになっていたと信じられるようなことはありませんでした?」

クラリスが答えた。

「彼女がかかっていた医師から聞いたんですけど、薬の処方せんはいっさい書いていなかったそうです。ただ、ビデオに映っている彼女の振る舞いから、警察では麻薬の使用を疑っていました。その点は、検死官がいま薬物反応テストを行なっているところです」

「そんなことはあり得ないよ。バカバカしい！」

ボブが語調を強めて言った。

「母さんが違法な麻薬に手を出すなんて絶対にない。アスピリンでさえ嫌がって飲まないくらいだから。とにかく、彼女は罪のない純粋な人間ですよ。この三十年、社会がすっかり悪くなったことも知らずに、何十年と遅れた世界に埋没して幸せだった人なんだから」

「解剖も行なわれました」

クラリスが補足説明した。

「でも、脳腫瘍などの、彼女の行動を説明できるような病変は何も見つかりませんでした」

「感情が二度表われたってさっきおっしゃいましたね。そのもう一つはどんな時でした？」

「包丁を……お腹に刺し込む直前です。でも、それもほんの一瞬で、けいれんみたいなものでした。顔全体がゆがんで、今にも叫びだしそうな表情でした。それが消えたあとは、最後まで同じように無表情でした」

ジョーはあまりのことに、頭がフラフラだった。

「すると、夫人は一度も悲鳴のようなものを上げなかったんですか？」

「ええ、一度も上げませんでした」

「そんなことってあり得るんでしょうか？」

「最後に包丁を落としたとき……彼女の口から小さな声が漏れました。でもそれは、ため息以上のものではありませんでした」

「痛かったでしょうに……」

ノーラ夫人の痛みは拷問どころではなかっただろうと言おうとしたが、ジョーはそこまでは口にできなかった。

「それでも悲鳴を上げなかったんです」

クラリスがその点を強調した。

「思わず反射的な声でも――」

「いいえ、ずっと静かでした」

「カメラの録音装置はちゃんと働いていたんでしょうか？」

ボブが答えた。

「あれは内蔵マイクでしたからね――」

またまたクラリスが夫の言葉を継いだ。

「――ビデオにはほかの音はちゃんと入っていました。椅子を置き直したときのコンクリートをこする音とか、鳥のさえずりなどです。悲しそうな犬の遠吠えも入っていました。でも、彼女の声だけはなかったんです」

　バダンス家の玄関を出たところで、ジョーは夜の暗闇に目を凝らした。道の向こう辺りに白いバンか怪しい車は駐まっていないだろうか、それが心配だった。隣りの家からはベートーベンの曲が流れていた。夜気は生ぬるく、西から吹くそよ風が、夜に咲くジャスミンの香りを運んでいた。ジョーの目には、このかぐわしい夜を汚すような邪悪な影は見当たらなかった。

　玄関まで見送ってくれた夫妻に向かって、ジョーが言った。

「夫人の遺体を見つけたとき、例の墓石の写真は一緒にあったんですか？」

　その質問に対してはボブが答えた。

「いや、写真はキッチンのテーブルの上でした。最後の最後に手放したということかな」

「見つけたのはわたしたちです」

　クラリスが思いだしながら言った。

「サンディエゴからここに着いたときに、朝食の食器のそばに置いてあったんです」

　ジョーは驚いた。

「ということは、夫人はその前に朝食をとった？」

「あなたが考えていることは分かりますよ、ジョー」

　クラリスが言った。

「これから死ぬのに、なぜ朝食をとるかって言うんでしょ？　でも、本当はもっと不気味なんです。彼女はチェダーチーズとエシャロットとハム入りのオムレツまで作っているんです。それに、トーストも、搾りたてのオレンジジュースもありました。それを食べている途中で立ち上がり、庭に出て、ビデオカメラをセットしたんです」

「話を聞いた限りでは、夫人はとても落ち込んでいたか、動転していたかのどちらかだと思うんですが、そんな複雑な朝食を作るほど落ち着いていたんですかね？」

　クラリスが答えた。

「それだけではないんですよ。食器の横には『ロサンゼルス・タイムズ』が広げられたままになっていたんです」

「――それがまた、マンガのページだったんだ」

　ボブが付け加えた。

　三人はしばらく黙り込んでしまった。

　ボブが沈黙を破った。

「われわれにも分からないことだらけなんだって、さっき言った意味が分かるでしょ？」

　クラリスは、まるで長年の友のように、ジョーの肩に両腕を回して言った。

「そのローズという人が、あなたが考えているように善人だといいですね。早く見つけて、話を聞いて、心の平和を取り戻して欲しいわ」

ジョーは感激して、彼女を抱き返した。

「ありがとう、クラリス」

ボブは、ミラマー基地内の自分たちの住所と電話番号を書いた紙をたたんで、ジョーに渡した。

「何かもっと訊きたいことがあったり……われわれの疑問が解けるような情報が得られたら、連絡してください」

男性二人は握手を交わしてから、兄弟のように抱き合った。

クラリスが訊いた。

「これからどうされるの、ジョー？」

ジョーはライトのつく腕時計で時間を確認した。

「まだ九時ちょっと過ぎですから、別の犠牲者の家族をもう一軒訪ねてみようと思います」

「では、気をつけてね」

「ありがとう」

「これは何かありそうだね、ジョー。途方もなくどでかいことが」

「わたしもそう思うんです」

ジョーが車で立ち去るのを、ボブとクラリスは玄関口に立って見送ってくれた。

セブンアンドセブンを一杯半も飲んだのに、ジョーはまるで酔いを感じなかった。ノーラ・

バダンスの写真は見なかったが、肉切り包丁を握って裏庭の椅子に座る老女の姿を思い浮かべただけで、ウイスキーの三、四杯分の酔いは吹っ飛んでしまいそうだった。

大都会の放つ明かりが、海岸沿いの黒い空を排気ガスの黄色に染めていた。夜空に浮かんで見える星はほんの数個に限られる。はるか遠くから伝わってくる冷たい明かり。

かぐわしい夜だとジョーが感じたのはつい数分前だった。怪しい影もなかった。だが、今は違う。周囲は危険に満ちみちている。ジョーはバックミラーから目をそらさなかった。

第八章

チャールズとジョルジンのデルマン夫妻の住まいは、ハンコックパーク街の半エーカーの敷地に建つ、豪勢なジョージ王朝風の屋敷だった。見事に育った一対のモクレンの木が玄関前を飾り、その両脇を囲う生け垣は、まるで庭師の集団に手入れされたようにきれいな箱型に刈られている。屋敷の極端なまでの幾何学性は、自然の反撃を押さえ込もうとする人間優越主義を標榜しているかのようだ。

デルマン夫妻は二人とも医師である。夫の方は心臓病を専門とする内科医で、妻は内科医を兼ねた眼科医院を開業している。夫妻は、この地域での名士だ。開業医として地域住民の健康にかかわっているばかりでなく、イースト・ロサンゼルスとサウス・セントラルに子供のための無料病院を創設して、現在でもその監督者としての立場を続けているからだ。

353便の墜落で、デルマン夫妻は、十八歳の娘、アンジェラを亡くしていた。アンジェラは、ニューヨークの大学で開かれた六週間の水彩画教室に招待され、そこから戻って来るところだった。彼女は将来を有望視されている画家の卵だった。次の学期からは、サンフランシスコのアートスクールに進むことにもなっていた。

ジョーが玄関のベルを押すと、ドアに現われたのは妻のジョルジン自身だった。ジョーは、墜落事故に関する『ポスト』の記事で彼女の写真を見ていたから、本人だとすぐに分かった。彼女は四十代の後半ぐらいで、背が高く、スリムだった。日焼けした肌にはつやがあり、カールした黒髪に、生きいきした目はあんず色をしていた。一見して、野性美を感じさせる女性だった。それが、金ぶちのメガネで中和されて、多少インテリっぽく見えた。ノーメイクで、灰色のスラックスに白いブラウス姿は、むしろ男性の格好に近かった。

ジョーが自分の名前を告げると、家族が353便の犠牲者だと説明する前に、彼女は驚きの声を上げた。

「まあ、なんという偶然でしょう！　今わたしたち、あなたのうわさをしていたところなんですよ」

「わたしのことをですか？」

彼女はいきなりジョーの手を握った。それを引っ張って、彼を大理石の床の玄関ホールに引きずり込むと、腰でドアを閉めた。そのあいだ、丸く見開いた驚きの目をジョーから一度もそらさなかった。

「リサがあなたの奥さんや娘さんたちのことをわたしたちに話していたんです。それで、あなたは行方が分からなくなってしまったんだそうね。でも、こうしてちゃんとここに来てくれたわ」

「リサだって？」

ジョーは困惑して言った。

地味な服装と金ぶちメガネで生真面目な医師を装っても、今夜のジョルジンは、彼女本来のほとばしるようなエネルギーを隠せなかった。彼女は両腕をジョーの首に投げかけると、彼の頬に力強くキスした。ジョーはたじたじとなって、立ったまま動けなかった。彼女はくっつくほど顔を寄せてジョーの目をのぞき込み、興奮ぎみに言った。

「彼女はあなたに会いに行ったんでしょ？」

「リサという人がですか？」

「いえいえ、リサではなく、ローズですよ」

思いがけない話の展開に、なんとも説明し難い希望の光が、暗い湖のような彼の胸をパッと照らした。

「ええ。でも――」

「さあ、いらっしゃい。わたしと一緒に中に入って」

ジョルジンは彼の手を引き、玄関ホールから廊下を通り、家の奥へ進んで行った。

「わたしたちは今ここで話していたんですよ。キッチンのテーブルでね――わたしとチャーリーとリサとで」

〝同情の友〟の会には何度か出席したことのあるジョーだが、これほど元気で活気のある、子供を亡くした親を見るのは初めてだった。

子供を亡くした親というのは特別な生き物と言ってよかった。幼い子供を亡くした親は〝五年でも六年でも、時には十年以上も苦しみ、嘆き続ける。なんの精神的成長もないままに、子供の代わりに自分たちが死ねばよかったんだと、事あるごとに思い、生き続けることは利己的であり大変な罪だと信じながらも、それをどうすることもできないでいる。十八歳の娘を亡くしたデルマン夫妻のような場合でも、事情は同じはずである。子供を亡くした悲しみは死んだ子の年齢には関係がないのだから。人生のどんな場面でも、子供の死は不自然である。子供がいなくなったその瞬間に、一家は目標を見失う。現実の悲しみを受け入れて、幸せがある程度回復したあとでも、喜びは常に限定的だ。たとえて言うなら、かつてはふちまで水をたたえていた井戸が、今は涸れて、底の方に昔の湿りを残すようなものである。

しかし、少女のようにはしゃぎながら、ジョーの手を取り、廊下の奥の両開きドアを開けるデルマン家の妻、ジョルジンは、明るくて陽気で、娘を亡くした悲しみからわずか一年で回復したばかりでなく、それを超越しているようにさえ見えた。

ジョーの胸に差しかけた希望の明かりは消えた。ショックだった。どう見てもジョルジン・デルマンは、頭がおかしくなっているか、それに近い状態にいた。さもなかったら、あんな浮ついたはしゃぎ方をするはずがなかった。

照明は暗く、意外に狭いキッチンだった。カエデ材の床に、カエデ材の食器棚、薄茶色の調理台は御影石らしかった。頭上のラックからは、銅製のポットやフライパンや調理道具がぶら下がり、薄明かりの中で、夕べの祈りを待つ修道院のつり鐘のように鈍く光っていた。

ジョーをキッチンの朝食用テーブルに導きながら、ジョルジン・デルマンはテーブルに着いている二人に呼びかけた。

「チャーリー、リサ、誰が来たと思う!?　これはほとんど奇跡よ。そう思わない？」

ガラスを傾斜させた窓を通して、裏庭と、そこにあるプールがのぞける。外灯や水中照明が灯るその光景はまぶしいほどきれいで、絵本の中のシーンのようだ。窓のこちら側の楕円テーブルの上には、飾りガラスの石油ランプが三脚置かれ、炎を踊らせている芯が透けて見える。

テーブルに着いていた銀髪の紳士が立ち上がった。ドクター・チャールズ・デルマンである。

ジョーを伴い、差し足で夫に近づいたジョルジンが言った。

「チャーリー、ジョー・カーペンターがここにいるのよ。うわさのジョー・カーペンターよ」

不思議そうな目でジョーを見つめながら、チャーリー・デルマンは前に歩み出ると、元気よくジョーの手を握った。

「いったい、何がどうなっているんだね、きみ?」

「それが分かるといいんですが」

ジョーが答えた。

「きっと不思議で素晴らしいことが起きているんだよ」

チャールズ・デルマンも妻同様に舞い上がっているように見えた。

椅子から立ち上がった金髪の女性は、石油ランプの揺らめく明かりを受けて、とても華やかに見えた。ジョルジンが言っていたリサである。四十代の彼女だが、大学生のようにシワのない顔をしている。色落ちしたデニムのようなその薄青い目は、地獄の入口よりもはるかに奥を見ている。

リサ・ペッカトンのことはジョーもよく知っていた。彼女はポスト社に勤める、ジョーのかつての同僚である。連続殺人犯とか、幼児虐待者とか、強姦殺人犯などの凶悪犯罪人についての調査とそのレポが彼女の専門である。

人の心の暗い奥底を取りつかれたように探ろうとする彼女の気持ちを、ジョーは当時から理解できなかった。人間の無意味な残酷さの中に何か意味を見いだそうと、流血と狂気の紙面作りに没頭する彼女だった。

そんな彼女を見て、ジョーは昔、勝手に想像したことがある。彼女はおそらく、子供時代に言葉にできないような虐待を受け、その忌まわしい記憶を振り払うには、犯罪人の心の奥底を解き明かす努力をするしかなかったのだろうと。感情の起伏が激しい女性で、とても優しい反面、非常に怒りっぽかった。頭はいいのだが、性格がきつかった。恐れを知らないくせに、強迫観念にとらわれやすく、天使の心を溶かすような詩を書くかと思えば、悪魔の胸をも突き刺す毒のある文章も編み出す。ジョーは理屈抜きで彼女の才能を称賛した。彼女はジョーの親友の一人だったが、ジョーが自分の心を亡き家族の墓地に埋めて以来、その他大勢の友人たちと一緒に彼女をも遠ざけてきた。

「ジョーイ！」

リサが声を上げた。

「何よ、ろくでなし。仕事に復帰したの？　それとも、関係者としてここに来ただけ？」

「関係者として仕事をしているところさ。でも、書くのはもうやめたよ。言葉の力が信じられなくなったんだ」

「わたしなんか、何も信じられないわ」

「そう言うきみはここで何をしているんだい？」

「つい二、三時間前に、わたしたちが呼んだんですよ」

ジョルジンが口をはさんだ。

「来てくれるよう、お願いしたの」

「まあ、気にしないでくれ」

そう言って、チャーリーがジョーの肩をポンポンと叩いた。

「妻とわたしが知っている中で、尊敬できる新聞記者はリサしかいないんだ」

「あれからもう十年にもなるわ」

ジョルジンが説明した。

「わたしたちが恵まれない子供たちのための医院を開設したとき、リサは週に八時間もボランティアとして働いていてくれたんです」

そんなことをしていたなんて、彼女はおくびにも出さなかったから、ジョーは今の今まで知らなかった。

リサは顔をゆがめて、照れくさそうに笑った。

「実を言うとそうなのよ。ジョーイ。マザー・テレサがわたしのもう一つの顔。でも、会社では絶対に言いふらさないでね。わたしの経歴にキズがつくから」

チャーリー・デルマンは唐突に言った。

「ワインが飲みたいな。誰か飲みたい人は？　程度のいい〝シャルドネ〟か、〝ケイクブレッド〃あたりがいいな」

チャーリーはかなりのぼせていた。妻の異常な陽気さに影響されてか、まるで353便の墜落記念日を祝うような態度だった。

「わたしは結構です」

夫妻とは逆に、ジョーはますます落ち込んでいた。

「わたしは少しいただくわ」

リサがそう言った。

「わたしも飲もうかな」

ジョルジンがそう言って立ちかけた。

「グラスを持ってくるわ」

「いや、きみはここに座って、ジョーやリサのお相手をしていなさい」

チャーリーが妻に言った。

「用意はわたしがする」

ジョーと女性二人が椅子に落ち着くと、チャーリーは立ち上がり、キッチンの奥に消えて行った。

石油ランプの明かりがジョルジンの顔を赤く染めていた。

「信じられない。信じられないわ。ローズが彼のところにも行っただなんて。そうでしょ、リサ？」

リサ・ペッカトンの顔は横半分が明かりに照らされ、あとの半分は陰になっていてよく見えなかった。

「いつ彼女に会ったの、ジョー？」

「今日さ。墓地でね。彼女はミッシェルたちの墓石の写真を撮っていた。話したいことがあるけどまだその時期ではないとか、謎めいたことを言い残していなくなってしまったんだ」

その後の一連の出来事については、ジョーは女性たちの話を聞くまで触れないことにした。その方が、女性たちの生の言葉を引き出せそうだし、また、彼女たちの話し方が、ジョーの影響を受けて事件くさくならないようにするためだった。

「ローズのはずないわ」

リサはきっぱりと言った。

「墜落事故で死んだんですもの」

「公式にはね」

ジョルジンが不可思議なことを言った。それに応えるように、リサがジョーに注文した。

「じゃあ、その女性がどんなふうだったか、話してちょうだい」

ジョーはひと通り身体的特徴を述べたが、それよりも時間をかけて強調したのは、黒人女性の強烈な存在感と、周囲を惹きつけてやまなかった磁石のような吸引力についてだった。

リサのシワのない顔の、陰になっている方の目は暗くて不気味だったが、ランプで照らされた方の目は、ジョーの口述に反応して揺らぐ彼女の感情を表わしていた。

「そう言えば、ロージーにはいつもカリスマ性があったわ。大学時代からそうだった」

ジョーはびっくりして訊いた。

「ローズのことを知っていたのか？」

「もう忘れるくらい昔のことだけど、一緒にＵＣＬＡに通ったわ。ルームメイトだったの。以来、現在までかなり親しくつき合ってきたけど」

「だからよ、わたしたちがリサを呼んだのは」

ジョルジンが説明した。

「リサの友達が３５３便に乗っていたのをわたしたちは知っていたし、その人の名も確かローズだったって、チャーリーが思いだしたの。でもそのときは、ローズが帰って行ってからもう何時間も経っていたし、夜中にもなっていたので、リサを呼ぼうかどうしようか一日中迷った末、結局、今夜になってから呼んだというわけ。わたしたちは、訪ねて来たローズと３５３便に乗っていたローズが、絶対同じ人物だと思うの」

「ローズがここに来たって？　それはいつですか？」

ジョーは急き込んで訊いた。

「昨日の夜よ」

ジョルジンが答えた。

「夕食に出かけようとしていたときに、彼女が突然現われてね。話は誰にも漏らさないでって約束させられたわ……ロサンゼルスに住む、ほかの犠牲者たちの家族をもう何家族か訪問し終えるまでは話してはいけないって言われたの。でも、リサは去年、あの事故のことをずいぶん悲しんでいたし、ローズとは親しそうだったから、彼女になら話してもいいだろうと思ったの」

「わたしは記者としてここにいるわけじゃないのよ」

ジョーに顔を向けて、リサはそう言った。

「どこにいたって、記者は記者さ」

ジョルジンが身を乗りだした。

「ローズがこんな物をわたしたちのところに置いていったのよ」

彼女はそう言って、シャツのポケットから一枚の写真を取り出し、テーブルの上に置いた。

アンジェラ・デルマンの墓石を写した写真だった。

期待で目を輝かせたジョルジンが言った。

「何か見える、ジョー？」

「それはむしろ、わたしの方が訊きたいですね」

キッチンのどこかから、チャーリー・デルマンがガサゴソとやる音が聞こえてきた。どうやらボトルのコルク抜きを探しているようだった。

「それは、リサにはもう話したことなんだけど」

ジョルジンはそう言って、キッチンの奥にちらりと目をやった。

「チャーリーが戻ったら、あなたにも話すわ、ジョー」

リサが話のあとを継いだ。

「気味悪い話よ、ジョーイ。どう解釈していいのか、わたしには分からないわ。ただ、身の毛がよだつほど怖いことだけは確かね」

「あなた、怖いと思ってるの？」

ジョルジンは意外そうな口調で続けた。

「何よ、リサ、どうしてあなたがこんなことを怖がるの？」

リサはジョーに顔を向けた。

「ジョー、この怖さは今にあなたにも分かるわよ」

リサはそう言った。いつもなら、岩のように強いこの女性が、今は葦の葉のように震えている。どうしてなんだ！

「でも、わたしから前もって断わっておくわね、ジョー。ここの家のチャーリーもジョルジンも、頭は確かな人たちですからね。話を聞く前に、そのことだけは心得ておくべきよ」

ポラロイドのスナップ写真を取り上げ、ジョルジンはそれに目を凝らした。記憶を脳裏に焼きつけ、写真に写っているもののすべてを吸収しようとしているような異様な見つめ方だった。ため息をついてから、リサがうち明けた。

「わたしにも一つ、気持ち悪い話があるのよ、ジョーイ。一年前の今夜、わたしはロサンゼルス空港でロージーの乗った飛行機が到着するのを待っていたの」

ジョルジンが写真から目を離して顔を上げた。

「その話、初耳だわ」

「ちょうど話そうとしていたときに、ジョーイがさっき、玄関のベルを鳴らしたのよ」

キッチンの奥から、ポンッとはじける音と、チャーリー・デルマンの満足げなつぶやきが聞こえてきた。ようやくワインのボトルが開いたらしい。

「でもあの夜、空港できみの姿は見かけなかったけど、リサ？」

ジョーに言われて、リサが答えた。

「目立たないようにしていたのよ。ただ、ロージーのことが心配で……とても怖くて」

「彼女を迎えに行っていたのかい？」

「ロージーがわざわざニューヨークから電話してきてね。よく分からないんだけど、とにかく、ビル・ハネットと一緒に空港で待っててちょうだいって言うのよ」

ビル・ハネットはカメラマンである。人災、天災を写した彼の作品は、ポスト社の狭いロビーの壁を埋めつくしている。

リサの布地のような薄青い目が、心配そうな表情で曇った。

「ロージーには、どうしても新聞記者に告げたいことがあったのよ。彼女が信頼できる記者は、わたししかいなかったんだと思う」

「チャーリー！」

ジョルジンが夫に呼びかけた。

「早く戻って来て、リサの話を聞かなきゃダメよ」

「聞いてるよ。ここからでも聞こえる」

チャーリーは妻をなだめた。

「今、ワインを注いでいるところだから、すぐ行くよ」

「ロージーは、空港に来てもらいたい人としてほかに六人を指名して、そのリストをわたしにくれたの」

リサが話を続けた。

「みんな昔からの友達ばかりだったわ。いろいろ手を尽くしてみたんだけど、そのうち五人にしか連絡がつかなくて、あの夜、とりあえずその五人を連れて行ったの。全員が目撃証人になるはずだったわ」

意外な話に、ジョーはすっかり心を奪われていた。

「目撃証人って、いったい何の？」

「それがわたしには分からないのよ。彼女はとても警戒していて、興奮もしていたけど、怖がってもいたみたい。彼女は何かを持って飛行機から降りると言っていたわ。その何かをみんなが知ったら、世界が変わるだろうとも言っていた」

「世界が変わる？」

ジョーは半信半疑だった。

「それは政治家や俳優たちが最近よく口にする言葉だ。自分のアイデアで世界が変えられると信じてね」

「でも、この件だけはローズの言うとおりなのよ」

ジョルジンが口をはさんだ。興奮で溢れる涙を隠そうともせず、目を輝かせながら、彼女はもう一度墓石の写真をジョーに見せた。

「素晴らしいことよ」

さては、『不思議の国』の白ウサギの穴に落ちたのかと、ジョーは自分の頬をつねりたいくらいだった。しかし、紛れもない現実世界の今いる場所で、彼はますます夢の世界にいるような気分にさせられていた。

このとき、今まで安定していた石油ランプの炎が、長いガラスの煙突部分いっぱいに燃え上がった。風に吸い上げられているらしかったが、ジョーは微風すら感じなかった。

揺らめく黄色い炎は、リサの顔の陰の部分を照らした。ランプを見上げたときの彼女の目は、地平線に沈む月のように黄色かった。

やがて炎は元のように落ち着いた。リサは話を続けた。

「サスペンスドラマみたいに聞こえるけど、ロージーはそんないたずら好きの女じゃないからね。それに、今まで六年か七年、すごく重大な仕事に携わっていたそうよ。わたしは彼女の話を信じるわ」

キッチンと廊下を結ぶ両開きドアが重々しい音を立てた。チャーリー・デルマンが誰にも断わらずに、キッチンからどこかへ出て行ったらしかった。

「チャーリー？」

ジョルジンが椅子から立ち上がった。

「どこへ行ってしまうのかしら、あの人？　こんな大切なことを聞かないなんて」

リサはジョーに向かって話し続けた。

「彼女が353便に乗るほんの二、三時間前に、わたしたちは電話で話したの。そのとき彼女は、追われているって言っていたわ。ロサンゼルス空港に降りることはまだ彼らには知られていないはずだけど、もし待ち伏せされていた場合は、迎えに出ているわたしたち全員で彼女を取り囲んでくれって、そこまで具体的に言っていたのよ。飛行機から降りたら、彼らに口を塞がれる前に、わたしたちにすべての真相を話すって」

「彼らに口を塞がれるって？　彼らとは誰を指すんだろう？」

ジョーが訊いた。

ジョルジンは夫を探しに席を立ちかけたが、リサの話の続きを聞きたくて、また椅子に腰をおろした。

リサの話は続いていた。

「ロージーが言っていた彼らとは、一緒に働いていた人たちのことらしいわ」

「テクノロジック社の？」

「あなた、ずいぶん知っているようね、ジョーイ」

「今日いろいろあったからね」

ジョーは頭の中であらゆる可能性を探っていた。

「あなたに、わたしに、ロージー。みんなつながっているのね。世界は狭いと思わない？」

自分たちの目的のためなら、三百二十九人の罪のない人たちを殺してはばからない人でなしがいるなんて、ジョーは考えただけで吐き気がしてきた。

「まさか、リサ、きみは、ローズ・タッカーが乗っていたからあの飛行機は落とされただなんて言いだすんじゃないだろうね？」

プールの中で揺らめく青い明かりを見下ろしながら、リサは答えていいものかどうか迷った。

「あの夜は確かにそう思ったわ。でも調査の結果、爆破の痕跡は見つからなかったしね。墜落の原因も特定されなかったから、多分、ちょっとした機械の故障と、パイロットの操縦ミスが重なったんでしょう」

「まあ、公式発表ではそんな程度だった」

「わたしは念のため、国家運輸安全委員会の調査結果を子細に調べたわ。この事故ばかりでなく、彼らの一般的な仕事ぶりについてもね。でも、あの団体に関する限り、腐敗も政治との結びつきもなくて、経歴はきれいだったわ。信用できる人たちよ」

ジョルジンが異論を唱えた。

「でもローズは、墜落は自分の責任だと思っているのよ。彼女があの便に乗っていたから、あういうことになったんだって固く信じているようよ」

「でも、もし彼女が間接的にしろ、おたくのお嬢さんの死に責任があるなら――」

ジョーが疑念を呈した。

「どうしてあなたは彼女のことを誉めたたえるんですか?」

ジョルジンの笑みは、彼を迎えたときの明るさ――玄関で見せた、あの首を傾げたくなるほどのはしゃぎぶり――を失っていなかった。

しかし、しだいに気を滅入らせているジョーにとって、彼女の笑いは、夜霧の路地でピエロがいきなり微笑みかけるように、場違いで不気味だった。

その不可解な笑みを浮かべたまま、ジョルジンは言った。

「なぜだか知りたいんでしょ、ジョー? 教えてあげるわ。それはね、世界の終わりが来るからよ」

リサに顔を向け、ジョーは怒ったような口調で言った。

「ローズ・タッカーって何者なんだい？　テクノロジック社で何をしていた人間なんだね？」

「彼女は遺伝学者よ。とても優秀なね」

「遺伝子組替えが専門だそうよ」

そう言って、ジョルジンはポラロイド写真を取り上げてジョーに見せた。まるで、墓石と遺伝子組替えに関連性があると言いたげな仕草だった。

「そのとおりよ。彼女はテクノロジック社で遺伝子組替えの研究をしていたの」

リサはさらに言った。

「まさか、一年前のロサンゼルスの空港で彼女が言いたかったのはそのことだったとはね。わたしも今の今まで知らなかった。でも、昨日彼女がジョルジンとチャーリーに話したことから推測すると、そういう結論になるわね。だけどね、どうしたら信じられるのか、わたしにも分からなくて」

ジョーは彼女の言葉づかいに引っかかった。

〈〝信じていいのかどうか〟と言うべきところを〝どうしたら信じられるのか〟と肯定的にとらえている〉

「テクノロジック社とは何をやっているところなんだい——その表向きの顔ではなく、その実体は?」

ジョーが訊くと、リサは口を曲げて笑みを作った。

「相変わらずいい鼻してるわね、ジョーイ。一年ブランクがあっても、あなたのセンスは鈍っていないわ。ローズから聞かされた話を総合すると、どうやらあの会社は自由競争の中の特殊な存在のようよ――決して倒産しない会社ということ」

「倒産しない?」

「どんな損失をもカバーしてくれる強力なパートナーがいるからよ」

「軍だな?」

ジョーは当たりをつけた。

「それか、政府の隠密機関ね。いずれにしても、世界中の誰よりも資金が出せる組織よ。ローズの話から得た感触では、とにかくこれは何百万ドル単位の予算や、あちこちから集めた基金で進めるようなプロジェクトではないわね。国家規模の予算が背後にあるのよ」

そのとき、二階から「バーン」と鳴る銃声が聞こえた。

いくつもの壁を伝わってきたから、くぐもっていたが、聞き違える性質の音ではなかった。

三人は同時に立ち上がった。ジョルジンが声を上げた。

「チャーリー!?」

ついさっきまでカルバーシティの明るい居間でボブとクラリスと一緒にいたジョーは、即、バダンス夫人のことを思いだした。肉切り包丁を握り、刃を自分の腹に向けている丸裸のノーラ・バダンスを。

銃声のあとの家を覆う静けさは、核爆発に続いて音もなく降り注ぐ放射能の雨のように、目に見えなくて不気味だった。

心配を募らせて、ジョルジンがもう一度叫んだ。

「チャーリー！」

駆けつけようとするジョルジンを、ジョーが止めた。

「待ってください！　わたしが行きますから。とにかく911に連絡してください」

隣りでリサが何か言いかけた。

「ジョーイ――」

「分かってるんだ」

その場であれこれ推測し合うのが嫌だったから、とりあえずジョーはそう言った。ジョーは自分の見当違いであることを祈った。この家で起きたことと、ノーラ・バダンスとはなんの関係もないことを願った。だが、もし彼の考えているとおりだとしたら、現場をジョルジンに見せない方がいい。結果も彼女に教えない方がいい。当分のあいだではなく、これからもずっと。

「分かってるんだ、911に電話してくれ」

ジョーは同じ言葉を繰り返してから、キッチンを横切り、両開きドアを押し開けて廊下へ出た。

玄関ホールでは、シャンデリアの明かりがついたり消えたりしていた。こんなシーンが確か何かの古い映画にあった――州知事の恩赦の電話が一歩遅くて、死刑囚が電気椅子の上で焼かれてしまうシーンだった。

ジョーは駆け足で階段口に着いたが、ステップを上がるときは思わず足が遅くなっていた。二階で何が起きたのか、それを目撃するのが恐ろしかった。

自分を自殺に追い込む人間の心理は、市長がロボットだとか、宇宙人に見張られているとか、変なことを言う頭のイカれた連中の思考同様に分裂していて、他人にはうかがい知れない。あんなに明るくはしゃいでいたチャーリー・デルマンがわずか二分のあいだに絶望の自殺の中に飛び込んで行く理由が、ジョーにはまるで分からなかった。そういえば、ノーラ・バダンス夫人も、新聞のコミックページを開いて朝食をとっている最中に自殺した。決行する前に、手を止めて、その理由を書き遺すことすらしなかった。

もし、銃声に対するジョーの解釈が正しかったとしても、デルマン医師がまだ生きている可能性はある。弾が急所をそれていれば、助かるかもしれないのだ。

命が湯水のように浪費されていくのをうんざりするほど見せられてきたジョーである。希望的観測が彼の重い足を軽くした。ジョーは階段の途中から、二段飛びして、歩を速めていた。

二階に着くと、ジョーは電気のついていない部屋や閉め切られたドアには目もくれず、まっすぐ廊下を進んだ。廊下の奥の半開きになったドアの向こうから赤い光が漏れていた。

主寝室のスイートには専用の玄関ホールがあった。その奥がベッドルームだった。象牙色で統一された現代風デザインの家具類と、優雅にかたどられた中国宋時代の壺をおさめたガラスケースが、部屋全体に厳かな雰囲気を醸しだしていた。

中国式馬車をかたどったベッドがあり、チャールズ・デルマン医師はその上に倒れていた。彼と一緒に転げていたのは、12口径、ピストルグリップ手動装塡式のモスバーグ散弾銃だった。銃身が短いので、銃口を口にくわえて引き金を引けたらしい。薄暗かったが、ジョーはすぐに悟った。脈を見るまでもないと。

二つあるベッドテーブルの遠い方の上に載っているナイトランプは、イルミネーションとしての明かりを放っているにすぎなかった。笠が血に染まっていたため、そのわずかな明かりも赤みを帯びていた。

十か月前のある土曜日の夜、取材のため、ジョーはロサンゼルス市の死体置き場を訪れたことがある。移動ベッドの上から手足をぶら下げた死体に、検死台の上の裸の死体。死体の行列が、過労ぎみの病理学者たちの検査を待っていた。そのときジョーは、突然、自分を囲んでいる死体のすべてが妻や娘たちの亡骸ではと、妙な錯覚にとらわれた。どの死体もミッシェルと娘たちに見え、クローン人間を扱ったサイエンスフィクション映画の一シーンに紛れ込んだような、思いだしてもゾッとする幻覚だった。そして、さらに多くの死体が入れられている人間大サイズの引き出しの隙間からは、ミッシェルやクリッシーやニーナの「早くここから出して」と訴えるすすり泣きが聞こえていた。彼のすぐ横には、検死官助手用の死体バッグがジッパーを開けられたまま置かれていた。ジョーは思わず中をのぞいてしまった。雪のように白い女の死体の唇に塗られていた赤い口紅は、まるで、積もった雪の上に落ちたポインセチアの花びらのようだった。そこでもジョーは、ミッシェルやクリッシーやニーナの顔を見た。女の青い目は、彼の内側の苦悩する狂気を映していた。死体置き場をあとにすると、彼はそのままポスト社に戻り、編集長のシーザー・サントスに辞表を提出した。

ジョーは、医者の顔が愛する家族の顔に変わらないうちに、デルマンの自殺体から目をそむけた。

そのとき、気味悪い息づかいがジョーの注意を引いた。デルマンが砕けたのどで息をしようとしているのだと思ったが、気づいてみると、それは自分自身のあえぎだった。

手前のナイトスタンドの上にはデジタル時計が置かれていて、イルミネートされた数字がついたり消えたりしていた。しかし、表示される時間は狂いに狂っていた。数字が一度消えてつくごとに十分後退して、夕刻がすぐに午後の時刻になった。

時計は散弾銃の流れ弾が当たって壊れたのだろう。その狂った表示を見て、ジョーはさらなる幻想にとらわれた――もしかしたら、弾は死体から銃身に戻り、散乱した肉片は元の体におさまり、デルマン医師が立ち上がるのではないかと。そして、ジョー自身は、日の照るサンタモニカの海岸に、ワンルームアパートでの深い眠りに、ヴァージニアにいる義母との会話に、さらには、353便がコロラドの地面に墜落する前の時間に――幻想はそこまで逆行した。

そのときだった。階下から悲鳴が聞こえてきた。ジョーは現実に引き戻された。悲鳴はもう一回聞こえた。

リサの声らしかった。気の強い彼女が悲鳴を上げるなんて、およそ似つかわしくなかった。しかし、いま上がった悲鳴には、恐ろしいものを見た子供の声のように、まるでためらうところがなかった。

ジョーがキッチンを離れたのはつい一分前のことだ。一分という短時間のあいだに何が起こり得よう?

彼は散弾銃に腕を伸ばした。死体から離すためだった。だが、弾はまだ込められているかもしれないから、気をつけて扱わなければならない。

〈いや、いけない。ここは自殺現場なのだ。銃を動かしたら、他殺のように見えてしまう。疑

われるのは自分だろう〉

ジョーは、銃には触れないことにした。

血染めの明かりの中から、静寂の廊下へ出ると、ジョーは、水晶の雨を永遠に降らす巨大なシャンデリアがぶら下がる階段に向かって駆けだした。

散弾銃で武装した方がよかったのかもしれない。だが、彼は銃の扱い方を知らない。それに、家にはジョルジンとリサしかいないはずだ。侵入者なんて考えられない。

階段を二段飛びから三段飛びまでして駆け下りた。水晶のシャンデリアが斜交(はすか)いに落とす明かりの滝の下で、ジョーはバランスを崩して、手すりにしがみついた。冷や汗で濡れていた手のひらの中で、マホガニー材がヌルッと滑った。

下の廊下からは、足音と一緒に、金属を打ち鳴らす原始的な音楽が聞こえてきた。

ジョーはキッチンの両開きドアを押し開けた。頭上のラックにぶら下がる、銅のポットやフライパンが目に入った。銅の調理器具は揺れてぶつかり合い、カランカランと音を立てていた。

キッチンの中は相変わらず薄暗かった。天井から照らしているハロゲンライトは消えているも同然だった。

三脚の石油ランプの明かりを受け、リサが部屋の一番奥にへばりついて立っていた。まるで、割れそうな頭蓋骨を支えようとするかのように、両手でこめかみを押さえ、悲鳴はもう上げていなかったが、体をガタガタと震わせ、泣きベソをかきながら何ごとかつぶやいていた。唇の動きから、「ああ神さま、ああ神さま」と読めた。

ジョルジンの姿は見えなかった。

銅のフライパンが鳴らす金属音はすぐにおさまった。ジョーは急いでリサのそばに寄った。そのとき、チャーリー・デルマンがカウンターの上に置いていったワインのボトルが目に留まった。ボトルの横には、シャルドネが注がれたグラスが三つ置かれていた。液体の表面が揺れて宝石のように光った。ジョーの頭にひらめいたのは、さては〝毒入りワイン〟か、だった。

ジョーの姿に気づいたリサは、こぶしをこめかみから下ろして手を広げた。バラの花びらのような指先からは、赤い露がポタポタとしたたった。彼女が口から漏らす動物的なうめき声は、どんな言葉よりも、その場の悲しみと恐ろしさを伝えていた。

キッチンの奥、リサの目の前の床に、ジョルジン・デルマンが横たわっていた。胎児のように体を丸めているが、彼女に〝生命の告知〟はもはやない。刃先がへそに食い込むナイフの柄を両手でしっかり握り、のどから出せなかった叫びに口をゆがめていた。涙を溜めた目は大きく開かれていたが、そこに命の深みはなかった。

内臓の発する臭気がジョーの鼻をつき、彼を〝不安発作〟の崖っぷちに追いやった。例の〝墜落感〟だ。もしこれに負けたら、リサを助けるどころか、自分をも制せられなくなる。

ジョーは意識を集中させて、床の上の恐怖から目をそらした。そしてさらに努力して、感情が爆発するのを抑えた。

ジョーはリサの方を向き、彼女を抱いて慰めようとした。だが、そのとき運悪く、リサの背中はこちらを向いていた。

「ガチャン」とガラスの砕ける音がして、ジョーはビクッとした。悪魔が窓を破って侵入してきたのか？

だが、割れたのは窓ガラスではなく、石油ランプのガラスだった。リサが、両手で二つのランプの煙突部分をビンでもつかむように握り、その丸まった底をテーブルの上に叩きつけたのだ。石油が辺りに飛び散った。

テーブル中に広がった炎はあっという間に燃え上がった。

ジョーはリサを抱えて、炎から離そうとした。しかし、彼女はもがいてジョーの手を振り払い、何も言わずに三つ目のランプをつかんだ。

「リサ！」

アンジェラ・デルマンのポラロイド写真に写っていた御影石と銅版にも火がつき、枯れ葉が燃えるように縮んでいった。

リサは三つ目のランプも砕いた。石油とランプの芯が彼女の服にはねた。

ジョーはショックで、瞬間動けなかった。

リサは体中に石油を浴びた。這いずり回る炎は、リサの胴体から腰に移った。だがなぜか、スカートに飛び火したところで消えてしまった。

テーブルの上では、燃え盛る炎が重なり合っていた。さらに、テーブルの端からこぼれた石油が、炎を床に燃え移らせていた。

ジョーはもう一度彼女に向かって手を伸ばした。しかしリサは、洗面器から水を汲むように、両手でテーブルの炎をすくうと、それを自分の胸に浴びせた。石油の染みたリサの服がボーッと燃え上がった。ジョーはあわてて手を引っ込めて叫んだ。

「よせ！」

ジョルジンの自殺にはあれほど大声で叫んだリサなのに、今度は叫ぶでも、うめくでも、泣くでもなく、ただ黙って両手を上に挙げた。炎はたちまち手に伝わった。その格好で立つ彼女は、燃える月を手のひらで支える古代の女神ディアナそのものだった。やがて彼女は、その手を顔と髪の毛の上に持っていった。

ジョーは後ずさりした。燃え盛る女から、心臓を焦がす光景から、体を無力にする悪臭から、自分の希望を奪い去る不可思議な謎から、少しでも離れようとした。そこで食器棚にぶつかった。

リサは、冷たい雨の中にでも立つように、炎に包まれながらも奇跡的に立ち続けていた。その姿を、部屋中の大きな窓ガラスが鏡のように映していた。ジョーを見るつもりか、リリがこちらを振り向いた。だが、神のご慈悲というべきか、炎のベールにさえぎられて、彼女の顔は見えなかった。

ジョーは恐ろしさのあまり、足がすくんで動けなかった。次に死ぬのは自分だと直感で分かった。しかし、足元に迫っている炎で焼け死ぬのではなく、散弾銃にしろ、切腹にしろ、なんらかの手段で自殺するような気がした。

自殺を敢行する心境にはまだ至っていないものの、息絶えたリサが床に転げたら、それがその時だと、理由は分からなかったが確信できた。それでもジョーは動けなかった。

炎の渦に包まれたリサは手足をばたつかせ、光る化け物と、壁や天井に這いずり回る影の幽霊を振り払おうとした。天井には、本当の影もあれば、影に見えるだけのススの塊もあった。骨を突き刺すようなけたたましい火災報知機が鳴り響いて、ジョーの骨の髄を震わせた。彼は自己催眠状態からハッと目を覚ました。

ジョーは化け物と幽霊を引きずって一目散に逃げだした。かじ屋の炉に照らされた無表情な顔に見えるフライパンの下を通り、今はワインレッドに変わった炎を映すシャルドネのグラスの横を通り、キッチンから廊下へ飛びだした。

廊下を駆けているときも、玄関ホールを横切るときも、ジョーは何かに追い迫られているような気がした。自分が気がつかなかっただけで、キッチンのすみの暗がりに殺し屋でも潜んでいたのだろうか。玄関にたどり着くや、ジョーはドアノブにしがみついた。今にも殺し屋に肩をつかまれ、体を回されて、そのうすら笑いに面と向かわされそうだった。

彼の背中をつかんだのは、人間の手でも炎の熱でもなかった。突き刺すような寒さがうなじをなで、頭蓋骨を通って骨の髄に染み込んできた。ジョーはパニックに我を失って、玄関のドアを開けたことも、外に出たことも覚えていなかった。気がついたときには、寒さに震えながら、玄関前のレンガのアプローチの上を走っていた。

箱型にきれいに刈られた生け垣のあいだを通り、二本のモクレンの木のところまでやって来た。大きな白い花が、猿の顔のように、生い茂る葉のあいだからのぞいていた。ジョーはこのときになって初めてうしろを振り返った。追いかけて来る者など誰もいなかった。

辺りの住宅街は静まり返っていた。聞こえるのは、デルマン家のくぐもった火災報知機の音だけだった。目下のところ、通る車もなく、八月の生暖かい夜に外歩きする者もいなかった。デルマン家の大騒ぎにも気づかないのだろう。隣り近所の玄関や前庭にも人影はなかった。この辺りの屋敷はみな堂々として、頑丈に造られているから、近所の叫び声など壁を通さないし、銃声ですら、車のドアの開閉音かトラックのバックファイアーくらいにしか受け取られない。

消防車や警察が駆けつけるのを待つしかない、とジョーは思った。だが、地獄の三分間に、竜巻のように起きたことをどう話せば信じてもらえるだろう？　銃声が聞こえてから、リサが炎に包まれるまでの、今の今自分がこの目で見てきた、あの高熱でうなされたような一連の出来事がまるで幻想だったように思える。彼の人生にいま進行中の、悪夢の中の一背景にいかにもふさわしい幻想だ。

自殺の証拠の大部分は焼けてなくなってしまうだろう。そこで、警察は彼を拘束して尋問する。おそらく殺人容疑者ということになるだろう。資格は充分だ。家族を亡くして精神障害をきたしている男。無職で、ガレージの上にあるワンルームの賃貸アパートに住み、急激にやせて、取りつかれたような目をし、車のトランクの中に二万ドルの現金を隠し持っている今の状況と神経症障害の病歴を組み合わせれば、事件の経過をどんなに整然と話しても信じてもらう方が無理というものだ。

たとえ、釈放を勝ち得たとしても、テクノロジック社とその手先たちの手から逃れられないだろう。自分たちにとって都合の悪い話をローズから聞いたかもしれない、ただそれだけの理由で彼を撃ち殺そうとした手の速い連中だ。しかも、今の彼はそれ以上のことを知っている。もっとも、それをどうするかなどの考えはまだ何もできていないが。

テクノロジック社が警察や軍の組織と結びついている可能性がある。だとすると、ジョーを消すことなど、いとも簡単にできるはずだ。何かでハメて牢にぶち込んでおいて、同じ牢に殺し屋を送り込めばいいだけの話である。殺し屋はうまく彼にケンカをふっかけて、支払われた分の仕事を済ませるだろう。

目立つから、駆けだしたりはせず、ジョーは道の向こう側に駐めてあるホンダに向かって歩きだした。

デルマン屋敷では、キッチンの窓が吹き飛び、ガラスの砕け落ちる音が辺りに響いた。鳴り続ける火災報知機の音はさっきよりもはっきり聞こえるようになった。

ジョーが振り返って見ると、家の裏手から炎が上がっているのが見えた。ランプの石油が火の回りを速めたのだろう。ジョーがドアを開けたまま出てきた表玄関からは、炎が一階の廊下にまで迫っているのが見えた。

ジョーは車に乗り込み、ドアをバシャンと閉めた。

手に血がついていたが、これは彼の血ではない。

ジョーはガタガタと震えながら、助手席とのあいだのコンソールボックスを開け、クリネックスをつまみ出し、手についた血をぬぐった。

汚れたティッシュはマクドナルドの空き袋の中に捨てた。

〈格好の証拠品だ〉

犯罪など犯していないのに、彼はすでに逃亡者の思考を始めていた。

世界はひっくり返った。嘘は真実になり、真実は嘘に、事実は作り話に、不可能は可能に、無実は有罪になるのだ。

ジョーはポケットからキーを取り出し、エンジンをスタートさせた。

後部座席のガラスの壊れた窓から雑音が飛び込んできた。火災報知機の音に混じった人の声だった。

近所の人たちが大きな声で叫び合っていた。

夏の夜の、恐怖の叫び。

人々の注意はデルマン屋敷の方に向いている。誰にも気づかれていないと確信しながら、ジョーはヘッドライトをつけて道を走りだした。

ジョージ王朝風の美しい屋敷は火を噴くドラゴンの棲みかに変わっていた。鼻から噴き出す炎が部屋の一つ一つを焼き尽くしていく。死骸は炎の下に横たわり、嘆きのようなサイレンの音が遠くのあちこちから聞こえ始める。

ジョーは、謎だらけで不気味すぎる夜の中へ車を走らせて行った。彼が生まれ出た世界とはまるで別のものになってしまった摩訶不思議な世界へ。

BOOK　THREE

ゼロ・ポイント

第九章

八月の夜にハロウィーンのような騒ぎ。炎はカボチャのランタンと同じオレンジ色でも、砂の穴から高く燃え上がると、罪のない人間さえもその明かりを受けて宿なしの風来坊に見える。

たき火が許可されているビーチをざっと見渡すと、十か所ほどから炎が上がっていた。それぞれのたき火を囲んでいるグループには、大家族もあれば、ティーンエージャーのパーティーも、大学生の集団もあった。

ジョーはたき火のあいだを進んでいった。心を静めるために海に来るときは、こうして砂浜を歩くのが好きだ。だが彼は、たき火をしている人たちとはめったに交わらない。

今日の砂浜はそれほど騒がしくなかった。裸足のカップルたちがビーチボーイズの古い音楽に合わせて踊っているグループもあったし、白髪をうしろで束ねたでっぷりした男が怖い話を語るのを、ワクワクしながら聞いている十二、三人の集団もあった。

今日一日の出来事が、ジョーの世の中を見る目をすっかり変えてしまっていた。まるで、旅ゆく魔法のカーニバル一座から授かった謎のメガネで世界を見るような感覚だった。不気味で、冷たくて、恐ろしい世界しか見えない不思議なメガネ。

水着姿で踊る若者たちは、たき火の明かりを受けて動くブロンズ像のように見えた。肩を揺すり、腰を振り、しなやかな腕を羽のように広げる彼ら。ジョーの目には、喜んでいる一人一人がそれぞれ二つの存在のように見えた。

一つは現実に存在する個人、もう一つは、腹話術を使う人形遣いに糸で動かされるあやつり人形。人形遣いがなぜそんなことをするかって？　すべては茶番劇なのだ。世界は喜びに溢れた楽しいところだとジョーに信じ込ませるための。少なくとも彼にはそう思えた。

海水パンツだけの若い男のグループの前を通った。十二、三人いた。彼らが脱いだウェットスーツが、オットセイの毛皮か、中身を抜かれたウナギの皮のように砂の上に積み上げられていた。砂に突き刺して立てた彼らのサーフボードは、ストーンヘンジさながらの影を砂の上に投げていた。男性ホルモンがあり余った年頃の彼らのそばに来ると、空気までその臭いがする。これだけホルモン値が高いと、若者たちは粗暴を通り越して愚鈍にさえ見える。男性の基本的欲望だけで動く夢遊病者のように。

踊る者に、話す者、聞く者、サーファーたち、みんなが、通り過ぎて行くジョーを警戒の目で見送る。これは決して彼の被害妄想ではない。彼らはさりげなさを装っていたが、ジョーには彼らの視線がはっきりと感じられた。

海岸にいる全員がテクノロジック社に雇われた人間たちだと分かっても、ジョーは驚かなかっただろう。あり得ることだと彼は思った。

それは別にして、神経症の深い底を歩む身ではあっても、デルマンの屋敷で目撃した惨劇を忘れるほどジョーの頭の働きは鈍っていなかった。むしろ、あの光景が頭の中で生き生きと甦っていた。記憶は顔に表われ、目に悲しみの表情を宿す。体つきさえも、怒りと絶望に刻まれて変形する。砂浜を通り過ぎて行く彼の姿に、人々は破滅した男の影を見る。

都会人は、破滅した男がいかに危険かよく知っている。

無言の男女が囲んでいるたき火があった。総勢で二十人ぐらいいるだろうか。男も女も頭をツルツルに剃り、全員がサファイアブルーのローブにテニスシューズ姿だった。そして、例外なく左の耳に金の輪をはめている。男はヒゲをきれいに剃り、女はノーメイクである。よく見ると美男美女ばかりで、スタイルにもこだわっている。さてはうわさのカルト教団〝ビバリーヒルズ・チルドレン〟だな、とジョーは思った。

ジョーはしばらく彼らのあいだにたたずみ、無言で炎を見つめる美男美女を観察した。やがて、彼らはジョーの存在に気づいたようだが、その顔に警戒の表情はなかった。みんなの目は静けさと寛容さをたたえ、水に映る月影のような優しさを漂わせていた。しかしそれは、ジョーが欲しているからそう見えただけなのかもしれない。

ジョーはマクドナルドの紙袋を抱えていた。中には、チーズバーガー二つ分の包み紙とからっぽの紙コップ、それに血をぬぐったティッシュが入っている。証拠品だ。彼は紙袋を火の中に投げ入れた。それから、袋が燃えて黒くなり灰になるのを、教団の男女たちと眺めた。

その場を離れながら、ジョーは自問した。あの若者たちは人生の目的を何と心得ているのだろうかと。そして、勝手に空想した。青いローブをまとったおとなしそうな彼らは、この人生の狂ったらせん階段を駆け下りながらも、人生の中で自分たちの存在に意味を持たせ得るなんらかの心の高みに到達しているのではないかと。

そのことでジョーは若者たちと多少問答を試みたかったが、あえて質問を発しなかった。彼らもその他大勢のカルト教団員たちと同様に、ただ惨めな祈りを繰り返しているだけなのではないか。そして、紋切り型の陳腐な答えが返ってくるようなら、イメージが崩れると思ったからだ。

たき火から三十メートルも離れると、もう辺りは真っ暗だった。ジョーは波のない浅瀬の水ぎわにしゃがみ込んだ。そして、冷たい海水で手を洗った。それから、濡れた砂をつまみ上げ、それをこすって手の小ジワや、爪の裏側にこびりついた血を落とした。

手をきれいに洗ったあと、ナイキを履いたまま靴下も脱がず、ズボンの裾も上げずに水の中を歩き始めた。暗い潮の中を少しずつ深い方へ進み、波の砕ける辺り、水の深さがひざ上まできたところで止まった。

穏やかな波は青白い泡を生んで、水ぎわの襟を形作っていた。奇妙なことに、空気の澄んだ月夜にもかかわらず、海の水はすぐ前で見えなくなっていた。ただ波の砕ける音だけが聞こえていた。

心を静めるつもりで海岸にやって来たのを、たき火に邪魔されたが、こうしてひざにぶつかってくる静かな波を感じていると、自然に気持ちが穏やかになる。低い声で優しくうめく偉大なる水の機械、海。永遠のリズムと、意味のない動きと、無関心という平静さ。

デルマン屋敷で起きたことは考えないようにした。あれは理解の外の出来事だ。いくら考えても、納得いく答えは出てこないだろう。

デルマン夫妻やリサの死について、悲しみも悩みもあまり感じないことにジョーは我ながら気が滅入った。〝同情の友〟の会に出席してジョーが知ったことの一つは、子供を亡くした親たちの多くは、他人の悲しみに反応できなくなっているという事実だった。ハイウェーでの無惨な事故や、高層ビル火災や、陰惨な殺人事件のニュースをテレビで見ても何も感じないのだ。

かつては胸を躍らせてくれた音楽も、魂を揺さぶった絵画も、今は意味を失くしている。この感覚の喪失を一年か二年で取り戻す親もいれば、五年、十年とかかる者もいる。そして一生取り戻せない者も。

デルマン夫妻は好人物に見えたが、果たして二人はどんな人たちだったのか、ジョーは本当のところを知らない。

リサは友達だった。その彼女は死んで、もういない。だから何だというのだ！　人間誰だって、いずれは死ぬのだ。あなたの子供たちだって、あなたが一生かけて愛した女だって、みんな死んでいくのだ。

際限なく冷たくなっていく自分の心がジョーは怖かった。自分を軽蔑さえした。だが、他人の痛みは、努力して感じるものでもない。

海は彼の悲しみに無関心だ。彼が他人の痛みを感じないように。

どこまでケダモノに徹すれば、ミッシェルやクリッシーやニーナの死を嘆かなくなるだろう？　そう考えたとき、ジョーは気づいた。人間に対して徹底的に無関心になったら、心の平和が得られるというよりは、邪悪さに歯止めが利かなくなるのではないだろうか、と。

その、出入りの激しいサービスステーションと地続きになっている二十四時間営業のコンビニエンスストアは、モーテルから三ブロック離れたところにあった。公衆電話が二台、外の手洗いを出たところに設置されていた。

軒下を照らす円錐形の光の中を、雪の結晶のような大きな蛾がグルグルと円を描きながら飛び回り、その羽の大きな影をスタッコの白い壁に映していた。

電話会社のクレジットカードはまだ捨てていなかったので、それを使ってジョーは何本かの長距離電話をかけた。公衆電話を使ったのは、居場所を知られないためだった。

ジョーはまず、353便の墜落事故調査団の責任者バーバラ・クリストマンの話を聞いてみたかった。いま西海岸時間では午後十一時だが、首都ワシントンでは日曜日の午前二時にあたる。こんな時間に彼女がつかまるはずはなかった。国家運輸安全委員会に誰かいたとしても、彼女の自宅の電話番号を教えてくれないことも分かっていた。

それでも、ジョーは番号案内から運輸委員会の代表番号を聞いて、そこに電話してみた。委員会の新しい自動応答システムが作動して、各種の案内を録音音声で伝えていた。それによると、委員や、墜落事故調査官や、上級幹部の個人名を名指せば、メッセージを置くための録音装置につながれるという。ジョーは注意しながら、初めにバーバラのB、そしてクリストマンのスペルに従ってダイヤルボタンを押していった。B―C―H―R―I……しかし、ボイスメールにつながれる代わりに〝そのような内線はありません〟との録音された答えが返ってきた。もう一度やってみたが、結果は同じだった。

ということは、クリストマンがもう職員ではなくなったのか、ボイスメールの装置が壊れているかのどちらかだった。

墜落事故が起きると、ワシントンの国家運輸安全委員会本部から調査の責任者が現地へ派遣されるが、その下で働くチームは、アンカレッジ、アトランタ、シカゴ、デンバー、フォートワース、ロサンゼルス、マイアミ、カンザスシティ、ニューヨークシティ、シアトルなどの大空港に駐在する専門家たちを招集して構成される。353便墜落事故調査チームのメンバーのリストは、『ポスト』社のコンピューターから得ていたが、その一人一人がどこの空港に所属しているかは分からなかった。

墜落現場がデンバーから百五十キロほど南のところだったので、少なくともチームの中の二、三人はデンバーから呼ばれたのだろうと推測できた。ジョーは十一人全員の名前を、デンバー市の電話帳と照らし合わせてみた。

三人の名前が電話帳の名前と一致した。あとの八人は電話帳に名前を載せないようにしているか、他の地域に所属している人たちなのだろう。

蛾の止まることのない影が、ジョーの記憶をくすぐる。彼は蛾の影の動きを見て、あることを思いだしそうになるのだが、それが何なのか具体的に頭に浮かんでこない。

デンバーはもう夜中のはずだったが、ジョーはかまわずに三人全員に電話をかけてみた。最初の男は気象学者で、当日の天候と事故の関係を解明するのが彼に課せられた役目だった。ただし、応えたのが留守番電話だったので、ジョーは何もメッセージを置かなかった。二人目の男は、散乱する破片から証拠品を集めるのが任務だった。電話に出たのは本人だったが、寝ているところを起こされて、とても機嫌が悪かった。

三人目に電話して、ようやくバーバラ・クリストマンの連絡先を得ることができた。

彼は名前をマリオ・オリベリといい、搭乗員の過失、あるいは、管制官たちに誤りはなかったかを調べる人災問題の専門家だった。

こんな夜中にプライバシーを侵害されたのにもかかわらず、オリベリ氏は、自分は宵っ張りだから一時前には寝たことがないと言って、とても協力的だった。

「ですが、カーペンターさん。委員会の詳しい調査についてわたしが新聞記者に話すことができない立場なのはお分かりいただけるでしょ？　いずれにしても公式発表はしたわけですから」

「お電話したのはそのためではないんです、オリベリさん。実は、緊急の用件を伝えたいんですが、調査の責任者に連絡がつかないんです。ワシントン本部の彼女のボイスメールが壊れているんだと思います。彼女の連絡先を教えてくれるとありがたいんですが」

「〝彼女のボイスメール〟？　女性の調査責任者などいないはずだが。最近調査を指揮した六人はみな男性ですよ」

「では、バーバラ・クリストマンさんは？」

オリベリが「ああ」と言って答えた。

「そういうことですか。彼女は一か月前に依願退職しましたよ」

「その人の電話番号は知りませんか？」

オリベリは少し迷ってから答えた。

「……わたしは知りません」

「では、彼女が住んでいるところはご存知ないでしょうか？　ワシントン市内ですかね、それとも郊外でしょうか？　もしあなたの方で住まいが分かったら、電話番号はわたしの方で調べられるんですがね――」

「コロラドに帰ったって聞きましたけど」

オリベリが答えた。

「彼女はもともとデンバーの現地事務所に採用された職員なんですよ。ワシントンの本部に転属させられてから、調査責任者に昇進したんです」

「すると、今はデンバーにいるんですね？」

オリベリは再び沈黙した。まるでバーバラ・クリストマンの話を避けているような雰囲気だった。しかし、オリベリはやがてこう答えた。

「彼女の実際の住所はコロラドスプリングスだと思いますよ。デンバーから百十キロほど南に行ったところです」

そして、それは運命の７４７型機が壮絶な最期を迎えた牧草地から四十マイルしか離れていないところにあった。

「では、彼女は今コロラドスプリングスにいるんですね？」

「さあ、それはわたしも分かりません」

「もし彼女が結婚していたら、電話が旦那名義になっているんでしょうね」

「彼女はもうずっと昔に離婚してますよ……それから、カーペンターさん……もしかして……」

オリベリが何か言おうとしながらしばらく言葉に詰まっていたので、ジョーがていねいに催促した。

「はい、何でしょうか？」

「これはネイションワイドの３５３便に関する問い合わせですかね？」

「ええ、そうです。ちょうど一年前に起きた事故です」

オリベリは再び沈黙した。

ジョーはそのときこう訊かずにはいられなかった。

「３５３便について何かありませんでしたか？……何か異常なことが？……」

「さっきわたしが言ったとおり、調査結果については閲覧できるようになっていますよ」

「わたしが訊きたいのは、そういうことじゃないんです」

話のあいだの沈黙が妙に深く感じられて、ジョーはデンバーではなく、月の裏側と話しているような気がしてきた。

「オリベリさん？」

「わたしが話せることなんて本当にないんですよ、カーペンターさん。でも、もしあとで何か思いだしたときのために、あなたの連絡先でも教えてもらえれば……」

今日の急展開を説明するのは難しいので、ジョーは肝心な点だけを言った。

「正直に言いますけど、わたしに連絡しようとしたら災難が降りかかりますよ。わたしにかかわった人間を片っぱしから追いかける変な連中がいるんです」

「どんな連中ですか？」

質問を無視して、ジョーは言った。

「もしあなたの良心に耳を傾けて気づくことがあったら――時間をかけてじっくり考えてください。二、三日後にわたしの方から連絡します」

ジョーはそう言って、受話器を置いた。

蛾どもは相変わらず明かりの中を飛び回っていた。そのうちの一匹が照明の傘にぶつかって地面に落ちた。

蛾の動きを見て、ジョーは何かを思いだしそうになるのだが、やはりまだ思いだせなかった。それが何か大切なことだとだけは分かっていた。

コロラドスプリングスの番号案内に尋ねてみると、バーバラ・クリストマンの電話番号はすぐに分かった。

呼び出しベルが二度鳴ったところで彼女が出た。声の調子からすると、まだ起きていたようだった。

墜落事故現場の凄惨さには想像を絶するものがあろう。そんな中を日常業務として歩いている調査官たちは、おそらくなかなか眠りに就けないのではなかろうか。

ジョーは自分の名を名乗り、一年前のあの事故で家族を亡くしたことを話した。同時に、まだ『ポスト』紙の記者であることを匂わせた。

彼女の沈黙は、オリベリ調査官のときと同様、月の向こうから伝わってくるように深くて冷たかった。

しばらくしてから突然彼女の声が受話器に響いた。

「もしもし、聞こえますか?」

「ええ、聞いてますよ」

「あなたはどこから電話しているんですか? コロラドスプリングスにいるのかしら?」

「いいえ。ロサンゼルスからかけています」

「ああそうなんですか」

その言葉と同時に彼女がかすかなため息を漏らすのを、ジョーは聞いたような気がした。

「あのですね、クリストマンさん。353便について二、三訊きたいことがあるんですが。実はわたし――」

「申しわけありませんが」

彼女はジョーに最後までしゃべらせなかった。

「ご家族があのような事故に遭われて、苦しまれているのは分かります。どんなに時間が経っても納得できるものではありません。大変お気の毒だとは思うんですが、わたしの言葉が慰めになるとは思いません――」

「慰めてもらうために電話したのではありませんよ、クリストマンさん。わたしが知りたいのは、あの便に本当は何が起きたかということです――」

「分かりますよ。あなたのような立場の方は陰謀説に釣られるものです。そうでないと、ご家族を亡くされたことに説明がつきませんからね。わたしたちが航空会社の過失を隠しているのではないかと疑う人もいますし、パイロット組合に買収されて、機長が酔っぱらっていた証拠を葬ったのではないかと非難されたこともありました。でも、353便に限っては単なる事故です、カーペンターさん。このことは電話でいくら話しても、あなたには分かってもらえないかもしれません。でも、幻想は振り払ってください。わたしは心の底から深く同情しますが、もしこれ以上お望みなら、わたしではなく、セラピストに相談なさったらよろしいかと思います」

ジョーが何か言う前に、バーバラ・クリストマンは電話を切った。

ジョーはもう一度電話をかけ直した。ベルを数えて待ったが、四十回数えても、相手は出なかった。

ジョーは、しかし、電話でできることはすべてやったという一定の満足感は得られた。車に向かいかけたジョーは足を止めて振り返った。そして、蛾のおばけのような影が映っていた白い壁を見た。すると、頭の中に立ち込めていた霧の中に大きな化け物がヌッと現われた。明かりに吸い寄せられる蛾。三つの石油ランプの三点の火。長いガラスの煙突。

ジョーの記憶の中で、三つの炎が煙突いっぱいに高く燃えた。黄色いランプの明かりがリサの薄暗い顔を照らした。デルマン屋敷のキッチンの壁に大きな影ができた。

あの時ジョーは、隙間風にでも吹かれてランプの中の炎が燃え上がったのかと思った。しかし、いま思いだしてみると、あの不気味な炎が芯のはるか上まで燃え上がったことに重大な意味があるのだと分かった。

そこに何かあることは確かだ。

ジョーは蛾を見ながら、石油ランプの芯のことを考えた。

コンビニエンスストアの横に立つ彼の目に映るのは、デルマン屋敷のキッチンの中だった――カエデ材の食器棚に、薄茶色の御影石の流し台。

しかし、もうちょっとのところまで来ていながら、思考はジョーの頭の中でランプの炎のようには燃え上がらなかった。重大なことだと直感では分かっていても、それが具体的な映像となって結ばなかった。考えようとすればするほど駄目だった。

ジョーはもうクタクタだった。これ以上はできなかった。ここで少し休まなければ、勘も頭も働きそうになかった。


モーテルのベッドにあお向けになり、頭をウレタンフォームの枕に載せ、心はつらい思い出の上に載せて、ジョーはコンビニエンスストアで買ったチョコレートバーをかじった。

いくら頑張っても、なんの味もしなかった。しかし、最後のひとかじりは、舌でも嚙んだような血の味がした。

といって、舌を嚙んだわけではなかった。いつもの良心の痛みが彼の口の中に血の味を充満させただけだった。

生きたまま、また一日が過ぎてしまった。だが、この惰性の延命は依然として正当化できない。

開いた窓から差し込む月明かりと、デジタルの目覚まし時計が放つ緑色の光文字以外、部屋の中に明かりはなかった。ジョーは、月明かりを受けてぼんやり見える天井の照明器具に目を凝らした。まるで、侵入してきた幽霊が天井に浮いているようだった。

デルマン屋敷のキッチンのカウンターに載っていたキラキラ光る三つのワイングラスが思いだされた。いつそこに置かれたのか謎である。ワインを注ぐ前にチャーリーが味見をしていたのかもしれないが、ジョルジンもリサも、まだ口をつけていなかった。

蛾が光の中で暴れるように、ジョーの思考は明かりを求めて暗闇の中で苦悶した。バージニアに電話して、義母のベスと話したかった。だが、彼女の電話には盗聴器が仕掛けられているだろう。もしそうだったら、簡単に逆探知されてしまう。それに、ビーチから始まった一連の出来事をここで話したら、ベスとヘンリーを危険に陥れることになる。

胸の中で刻む母なる波のリズムに誘われ、今日一日の疲れも手伝って、ジョーはやがて眠りに落ちた。デルマン屋敷でなぜ自分も自殺しなかったのかと自問しながら、悪夢の世界へ入っていった。

何時間かして、ジョーは半分目を覚ました。すると体が横向きになっていて、目の前には目覚まし時計があった。緑色の光を放つ文字を見ていると、デルマン屋敷の血で染まった時計を思いだす。パッパッと十分単位で数字が変わり、時間がどんどん逆行していったあの時計。

ジョーはあのとき、時計は散弾銃の流れ弾に当たって壊れたのかと思ったが、今は、ボーッとした頭の中で、別の説明があるのではないかという気がしてきた――鉛の粒よりももっとミステリアスで意味の深いものが。

時計と石油ランプ。

消えては光る数字と燃え上がる炎。

その結びつきは？

その意味は？

ジョーは再び夢の世界に戻っていったが、間もなく目覚まし時計に起こされた。夜明けまでまだかなり時間があった。眠っていたのは三時間足らずだったが、最近の短くて浅い眠りに比べれば、それで充分にリフレッシュできた。

急いでシャワーを浴び、着替えを済ませ、時間を確認した。蛾の件は頭の中でまだもやもやしていた。


夜が明ける前に、ジョーはロサンゼルス空港を目指して車を走らせた。

デンバーまでの、当日限りの往復航空券を買った。帰りの便にちゃんと乗ってロサンゼルスに戻れば、デミとの六時の約束に間に合うはずだ。デミとは、ローズの家の電話に出た例のセクシーな声の女性だ。彼女とはウエストウッドのコーヒーハウスで落ち合うことになっている。

搭乗がすでに始まっているゲートに向かっていたとき、ヒューストン行きのチェックインカウンターで、青いローブを着た、二人の青年の姿を見た。ツルツルに剃った頭、左耳にはめた金の輪、その白いテニスシューズを見れば、つい数時間前に海岸で出会ったカルト教団のメンバーであることが分かる。

一人は黒人で、一人は白人だった。そして、二人ともNECのラップトップを抱えていた。黒人の青年が腕時計を見て時間を確認していた。時計は金のロレックスと見受けられた。どんな教団に所属しているにしろ、どうやら彼らは清貧に徹するなどとは無縁のようだった。なにやら〝ハレ・クリシュナ〟と大差がないように見えた。

ミッシェルと娘たちのニュースを知らされて以来、初めて乗る飛行機だったが、デンバーまでの飛行のあいだ、ジョーは別段神経質にはならなかった。それよりも、墜落感を伴う例の〝不安発作〟が起きるのではないかとその方が心配だった。だが二、三分飛行を続けているうちに大丈夫だということが分かった。

ジョーは事故で死ぬことなど心配していなかった。妻と娘たちが他界したときと同じ道をたどって死ねるなら本望だった。上空から地面に落下するまで恐れもなく、静かな心でいられるだろう。もし、そんな死に方ができたら、宇宙の絶妙なバランスを見るようで小気味がいいくらいだ。間違いがようやく正しい道に直されることでもある。

このまま調べを続けていって、旅の終わりに何が分かるのか、バーバラ・クリストマンが何を明かすのか、ジョーの関心はその一点に集約されていた。

バーバラ・クリストマンは、盗聴を警戒してあんな言い方をしたのかもしれない。面と向かい合ったら何か語るのではなかろうか。電話をコロラドスプリングスからかけたのではないと彼が言ったとき、彼女が漏らした失望のため息は、あながちジョーの思い込みではなさそうだった。いきなり〝陰謀説〟などという言葉を使ったり、セラピーがどうの、お気の毒だが云々は、できすぎていて、盗聴者に向けて言っていると思った方がうなずける。

もし、バーバラ・クリストマンが何か重い荷物を背負っていて、それを肩から降ろしたいと思っているなら、353便の謎が解き明かされる日は近い。

ジョーは真実を知りたかった。知らなければならなかった。だが同時に、知ったあとの苦しみが見えるようで、それが恐ろしかった。ジョーの家族を奪った責任が運命や自然にあるのではなく、一部の人間にあるのだと分かったとき、〝無関心〟による心の平和など、永遠に手の届かないものになってしまう。この真実への旅路は、栄光に向かっての上り階段ではなく、泥沼と、混乱と、暗闇への落下である。

ポスト社のランディ・コールウェーのコンピューターから引き出した、テクノロジック社に関する記事のプリントアウトを持って来ていたが、ビジネスセクションの記事は味も素っ気もなく、しかも彼自身三時間半しか寝ていなかったから、記事を読んで分析することになかなか集中できなかった。

テレビ映画でも見ようと思ってチャンネルを選んだ。しかし、画面を見ながらすぐに眠りに落ちてしまった。二時間十五分のまどろみのあいだ見たのは石油ランプと、文字盤の光るデジタル時計の夢だった。何か分かったような気がして目を覚ましたが、夢と同時に答えも消えてしまった。

デンバーに着いたとき、空は曇っていた。湿度は例年になく高く、西に連なる山々は早朝の霧に隠れていた。

レンタカーを借りようとしたら、運転免許証だけではなく、身分証明としてクレジットカードの提示を求められた。カードを使ったらたちまち居場所をおさえられてしまう。だから、ジョーはクレジットカードによる支払い用紙に一応サインはしたが、返却時に無効にするつもりで、支払い保証金として現金も置いた。

飛行機の中でも、空港でも、彼を見張っているような人間は見当たらなかった。ジョーは空港近くのショッピングセンター内に車を駐め、自分のホンダを調べたときのように、車の内外を念入りに探った。借りたフォードに怪しい点はなかった。

ショッピングセンターを出てから、ジョーは街中をわざと複雑に走り、つけられていないかどうか確認した。大丈夫だと分かると、インターステート25道路に入り、南へ向かった。

ジョーはしだいに速度を上げ、やがて制限速度を無視して猛スピードで突っ走った。というのも、バーバラ・クリストマンのことがだんだん心配になってきたからだ。時間内に着かなかったら、彼女の亡骸を発見することになるのではないか。切腹にしろ、焼身にしろ、また自殺現場に立ち会わされてしまう。それとも頭をぶち抜かれた他殺体か！

第十章

コロラドスプリングスに着くと、ジョーは電話帳でバーバラ・クリストマンの住所を見つけた。彼女は、小さいが装飾の凝ったクイーン・アン・スタイルの屋敷に住んでいた。玄関に出てきた彼女は、ジョーが自己紹介する前に声を上げた。

「思ったより早かったわね」

「バーバラ・クリストマンさんですか？」

「ここではよしましょう」

「ご存知かどうか分かりませんが、わたしは――」

「知ってますよ。でもここではよしましょう」

「では、どこで……？」

「あそこに駐まっているのはあなたの車？」

「ええ、レンタカーのフォードです」

「では、少し離れたところに駐め直してちょうだい。二ブロック先がいいわ。わたしが行くまでそこで待っていてくれる？」

そう言うと、彼女は玄関のドアを閉めてしまった。

ジョーはその場にしばらく立ち、もう一度呼び鈴を押そうかどうしようか迷った。でも、バーバラ・クリストマンはこの場に至って逃げだすような人間には見えなかった。

クリストマンの家の南側二ブロックほど離れたところは小学校の校庭の前だった。ジョーは車をそこに移動させた。ブランコも、シーソーも、ジャングルジムもからっぽだった。日曜日だから、子供たちの姿はない。でなかったら、子供たちの笑い声を聞かずに済むよう、ジョーは別のところに駐車していたはずだ。

車から出て、北を向いて立った。女の姿はまだ見えなかった。

ジョーは腕時計を見た。十時十分前だった。それに一時間足せばここの時間になる。

これから八時間後にはロサンゼルスに戻っていなければならない。ウエストウッドでデミ、または、ローズに会うために。

まだ眠たそうな街を生暖かい風がなでていく。松の枝陰に隠れた小鳥たちが騒ぎ、少年聖歌隊の白衣のような白樺の枝葉が揺れる。

西の空は白い霧と黒い雲が混じり合い、東には、鉛色の山頂が連なっている。不吉な一日を予感させる雲行きだ。ジョーはうなじがピクピクと痛んだ。射程内で銃口を向けられた野牛のように、逃げ場のない自分だと感じ始めていた。

中型のセダンが南から近づいて来た。男が三人乗っていた。万一男たちがぶっ放してきたときのため、ジョーは用心して車の反対側に移動した。しかし、男たちはジョーの方には見向きもせず、車の前を通過して行った。

それからすぐ、バーバラ・クリストマンがフォードの〝エクスプローラー〟に乗って到着した。ジョーが彼女の車に乗り込むと、ノリと洗剤の匂いが漂っていた。さては、さっき玄関のベルを押したとき、彼女は洗濯中だったのだな、と分かった。

小学校前から南に向かう車の中で、ジョーが言った。

「クリストマンさん、わたしのことがどうして分かったんですか？　事前に写真でも見たんですか？」

「いいえ、あなたの写真は見たことないわ」

オープンな彼女の話し方だった。

「それと、わたしのことはバーバラと呼んでちょうだい」

「では、バーバラ……さっき玄関のドアを開けたとき、わたしだってどうして分かったんですか？」

「うちに訪ねて来るお客さんなんて、もう何年もないもの。それよりも、昨日あなたが電話をかけ直したとき、ベルを三十回以上も鳴らしていたでしょ」

「四十回です」

「しつこい人でも二十回ぐらいであきらめるものです。あんなに鳴らすんだから、しつこい人どころではないと思ったわ。きっと来るって分かったのよ」

彼女は五十歳ぐらいに見えた。ロックポーツのスニーカーと色あせたジーンズをはき、植物模様のコットンシャツを着ていた。毛の豊富なその白髪の髪型は、美容師にセットしてもらったと言うより、腕のいい床屋にカットしてもらったと言った方がよさそうだった。日焼けした大きめの顔は穏やかで人なつっこそうで、カンザスの実り豊かな麦畑を思わせる。一見して、正直で信頼できそうだった。こちらをまっすぐ見てはきはきと話す口調がいかにも有能そうで、ジョーはすぐに好感を持った。

「誰のことを怖がっているんですか、バーバラ？」

「彼らが何者なのか、それが分からないのよ」

「わたしがそれを突き止めようと思うんです」

「わたしの言うことは本当よ、ジョー。あいつらが何者なのか知らないの。でも、とんでもないことを平気でやる連中ですからね」

「運輸安全委員会の調査結果をねじ曲げるとか？」

「委員会はまだ信頼できます。でも、連中はね……証拠品を盗みだしたりする力もあるのよ」

「たとえばどんな証拠？」

信号が赤になったところで彼女はブレーキを踏み、話を続けた。

「あなたは、一年も経った今になって、何がきっかけで疑問を持つようになったの？　どの部分の話が嘘臭かったのかしら？」

「発表されたことは全部信じていましたよ――生存者に会うまではね」

「生存者？」

バーバラはポカンとなってジョーの顔を見つめた。まるで、理解できない外国語を話されたときのような、気の抜けた表情だった。

「ローズ・タッカーにね」

ジョーは誤解のないように名前を言い添えた。

「誰なんですか、その人？」

そのどんぐり色の目の中に偽りの影はなかった。そして、口から漏れた彼女の声には純粋な驚きの響きがあった。

「353便に乗っていた女性ですよ。彼女は、昨日わたしの家族の墓地に来ていたんです」

「そんなことあり得ないわ。乗客も乗員も全員が即死したのよ。あんな墜落で生き残れるはずありません」

「彼女の名前はちゃんと乗客名簿にも載っていますよ」

何も話せなくなってこちらを見つめるバーバラに、ジョーは言った。

「彼女は危険な連中に追われているんです。今はわたしも連中に追われています。その、証拠を盗んだというのもきっと同じ連中の仕業でしょう」

うしろから大きなホーンが鳴らされた。見ると、信号がいつの間にか緑に変わっていた。

バーバラは、寒いのか、運転しながら冷房のファンを最小に調整した。

「生存者がいるなんてあり得ません」

バーバラは自説を曲げなかった。

「これは普通の墜落よりももっと激しい角度で落ちた完全な落下だったんです。頭から突っ込んで、目も当てられない惨状でした」

「頭から突っ込んだ？　わたしはずっと、地面でひっくり返って分解したのかと思っていました」

「新聞の記事を読まなかったの？」

ジョーは首を横に振った。

「いいや、とてもその気になれなくて。ただ、自分でそう思っていただけなんです」

「通常の墜落みたいに、滑走しながらひっくり返ったのとは違うの」

バーバラは説明を繰り返した。

「地面に向かって真っ逆さまに落ちたのよ。その点、一九九四年の九月に起きたホープウェルの事故に似てるわ。ピッツバーグに向かって飛び立ったUSエアー373型機がホープウェルの市街区へ落ちて……跡形もなくなってしまった事故があったでしょ。353便に乗っていたということは……お気の毒だけど……爆弾の直撃を受けたようなもの。それも、大型爆弾のね」

「じゃあ、識別不可能な遺体もあったんでしょうね」

「そのとおりよ。細かくバラバラになってしまって、一般の人では正視できないほど悲惨なものよ。むしろ、遺族の人が知らない方がいいくらい」

ジョーは家族の遺体が入れられてきた異常に小さな柩を思いだした。胸が締めつけられて、石のように硬くなった。

しばらくして、話せるようになってから、彼は言った。

「わたしが言いたかったのは、検死官たちも最後まで見つけられなかった遺体もあったのではないか、ただ消えてしまっただけの乗客もいたのではないか、そういうことですよ」

「ほとんどの人はバラバラだったわ」

　ステートハイウェー115に向かってハンドルを切りながら、彼女はそう言った。鉄のやかんの底のような重苦しい空の下を、車は南に向かって走っていた。

「このローズ・タッカーという女性だけは、ほかの人たちのように……バラバラにならずに、その場から自分で歩いて立ち去ったのかもしれませんね」

「歩いて立ち去る？」

「わたしが会った限りでは、彼女は手足もちゃんとあったし、顔には傷もありませんでした」

　バーバラは頑として首を横に振った。

「あなたは嘘をつかれたのよ。まっ赤な嘘をね。そんなことあり得ないもの。その女は何か魂胆があって、そんな嘘をついているんだと思う。人をからかうにしては念が入りすぎているわね」

「そうかな？　わたしは彼女を信じてますけど」

「その女がどうして信じられるの？」

「わたしが見たいろいろなことから判断してです」

「いろいろなことって、たとえばどんな？」

「それは話さない方がいいでしょう。知ればあなたに危険が及びますから。わたしも、知ったために追われているんです。わたしとしては、あなたをこれ以上危険な目に遭わせたくありません。ここに来ただけで充分に迷惑をかけているんですから」

彼女はしばらく黙っていた。が、やがてポツリと言った。

「生存者がいたなんて信じるくらいなんですから、あなたは何か想像を絶するようなものを見たんでしょうね」

「確かに想像できないくらいショッキングなことでした」

「それでも……わたしには信じられないわ」

「それはよかった。その方が安全ですから」

車はコロラドスプリングスを出て、郊外を通り抜け、牧草地帯に入った。南へ進むほどに風景が田舎らしくなってきた。東には、見渡す限りに乾燥した大地が広がり、西は、霧で煙る山のふもとに向かって徐々に高度を増す森や草原が続いていた。

ジョーが言った。

「われわれはどこかへ向かっているんですか？」

「そうよ。その方がわたしの話が分かりやすいでしょうから」

そう言ってジョーをちらりと見たバーバラの目には心配そうな表情が浮かんでいた。

「あなたは大丈夫ね、ジョー？」

「現場へ……行くんですね？」

「ええ。あなたが大丈夫なら……」

ジョーは不安発作が起きそうだった。だから、目を閉じて、心を静めた。353便のエンジンのうなりが、耳の中で鳴りやまなかった。

墜落現場はコロラドスプリングスからおよそ五十キロほど南に下ったところにある。

バーバラ・クリストマンは、747型機がガラスの器のように粉々に砕けた牧草地にジョーを連れて行くつもりだった。

「本当に大丈夫なのね？」

彼女の声は優しかった。

ジョーの心は押しつぶされてさらに萎縮し、ついには、胸の中の黒い空洞になった。

車のスピードが落ちた。バーバラが車をハイウェーの路肩に止めようとしていた。

ジョーは目を開けた。空は入道雲で覆われていたが、それでも彼には明るすぎた。ジョーは意識を集中させて、耳に響くジャンボ機のエンジン音を聞かないようにした。

「いや、止めないでください」

ジョーは言った。

「大丈夫ですから、行きましょう。わたしにはもう、失うものなんてないんですから」

車はステートハイウェーを出て、砂利道に入った。砂利道を出てから、今度は西に向かう未舗装の道に入った。道の両側には、ポプラの並木が天に向かう炎のように枝を垂直に伸ばしてそびえていた。ポプラはやがてカラマツや樺の木がポプラに取って変わり、しだいに道も狭く、木の茂り方も深くなってきた。

路面状態はどんどん悪くなり、車は揺れた。行き止まりになるのではないかと思えるほど細くなった道が木々のあいだを縫って続いていた。道はやがて、雑草の生い茂る原っぱに出た。原っぱのあちこちには常緑樹が茂り、傘のように枝葉を伸ばしていた。

バーバラはそこで車を止め、エンジンを切った。

「ここからは歩いて行くわ。一キロぐらいあるけど、藪もそんなに深くないから」

この辺りの林は木々もまばらで、霧をかぶりながら西にそびえる山々の、松や杉やモミの林のように原始林的ではない。だが、文明らしきものとは隔絶され、その胸に染みるような静かさは、礼拝を終えたあとの聖堂の中を思わせる。小枝がぶつかり合う音か、松の枯れ葉を踏み鳴らす足音しか聞こえないこの静寂が、ジョーにとっては、不安発作を引き起こすエンジンのうなり音ほどに胸を締めつけてくる。混迷と恐怖を秘めた不気味な静けさだ。

バーバラのあとについて、ジョーは大木のあいだを進んでいった。見上げると、枝が緑の丸天井のように生い茂っていた。真っ昼間なのに、林の中は修道院の回廊のように暗かった。

空気は松の香りを帯びて冷たく、キノコや湿った枯れ葉の匂いがカビ臭かった。

一歩進むごとに、氷のように冷たく湿ったものがジョーの体に染みて、骨の髄に伝わってくる。それが、眉毛にも、頭皮にも、うなじにも伝わる。

その日の気温は高かったが、ジョーは内側で震えていた。

やがて林の終わりが見えてきた。松の木を数本残して、その先に広々とした原っぱが広がる。うっそうとした林の中では閉所恐怖症になりそうだったが、行く手に明るい広がりを見て、ジョーはやれやれという気分になった。

バーバラのあとに続いて残りの林を抜けると、そこはゆるやかな斜面がせり上がっていく牧草地のふもとだった。草原は南北におよそ百メートル、二人が入った東から、西の端に見える森まではおよそその倍ぐらいであるように見えた。

墜落時の破片はもう片付けられてなくなっていたが、呪われた地面だという感触は充分に伝わってきた。

雪解け水や、春の雨が、緑の草を生い茂らせて、焦げた地面を癒してはいた。しかし、草も、そこに咲き乱れる野生の黄色い花も、地面に残る傷跡を隠し切っていない。縦四十メートル、横二十メートルぐらいの楕円形の窪（くぼ）みがくっきりと残っている。

その大きなクレーターは、牧草地の北西、上四分の一ぐらいを占めていた。

「あそこが激突地点よ」

バーバラ・クリストマンが窪みを指差した。

横に並んだ二人は、うなり音を立てて闇夜から落ちてきた七十五万ポンドの鉄の塊が轟音と共に地面にめり込んだ現場に向かって歩を進めた。だが、ジョーはいつの間にかバーバラのうしろになっていた。

二人は同時に足を止めた。傷を負った草原同様、ジョーの心にも苦しみの溝ができていた。バーバラはジョーの横に戻って来て、黙って彼の手を握った。ジョーは力を込めて握り返した。二人は再び横に並んで歩き始めた。

激突地点に近づくと、牧草地の北に沿って黒く焦げた木立が見えた。『ポスト』紙がそこを撮影して、現場の背景写真として使ったことがある。炎で焼かれた松の木が何本か、枝をはぎ取られたまま立っていた。炭化した枝をつけたままのものもあった。同様に、炭化して今にも折れそうなアスペンの木が陰気な空に強烈なシルエットを刻印していた。

二人はクレーターの崩れかけたふちのところで足を止めた。不安定な足元の下は、二階から地面を見下ろすほどに深く窪んでいた。崖と化した急斜面にはところどころに草が生えていたが、割れた灰色の岩盤が露出する底は依然として不毛のままで、枯れ葉の吹き溜まりになっていた。

バーバラが言った。

「何千年とかかって堆積した土を一瞬で吹き飛ばし、その下の岩も粉々に砕くほど強烈な力で地面にぶつかってきたのよ」

墜落の衝撃のものすごさに、ジョーは今さらのようにショックを受けた。たまらずに空を見上げ、肩を上げ下げして、止まりそうになる呼吸を正常に戻した。

西の霧の中から一羽のワシが現われ、地図上に緯線を引くように、東に向かってまっすぐ飛んで来た。灰色の曇り空を背に、ワシのシルエットはポーのカラスほどに黒く見えた。それが、嵐をはらんだ黒い雲の下に来ると、精霊のように淡い光を放って見えた。

ジョーが空を見上げると、ちょうどワシが頭上を通過していくところだった。

「353便は――」

バーバラが説明を始めた。

「コロラドスプリングスの東、およそ二百七十キロの地点にあるグッドランドの航路標識を通過したときは、コースもはずれていなかったし、何も問題はなかったんです。でも、墜落した時点で飛行コースから四十五キロそれていました」

クレーターのふちに沿ってゆっくり歩きながら、バーバラはジョーを励ます意味で、運命の353便が飛び立ってからここに至るまでの、彼女が知り得た知識をできるだけ詳しく語って聞かせた。

ニューヨークのジョン・F・ケネディ空港をロサンゼルスに向かって離陸した353便は、本来ならもう少し南寄りのコースを取るはずだった。しかし、その日は、南部一帯にかけて嵐が吹き荒れていたのと、南西部にかけては竜巻の警報が出されていたため、別のルートが検討されることになった。さらに重要な選択条件が加わった。すなわち、南部ルートを通るよりも北部ルートの方が向かい風が弱く、飛行時間も燃料も大幅に節約できることが分かったことだ。したがって、ネイションワイド航空の飛行ルート計画責任者は、353便に対してジェットルート146を取るよう指示した。

ジョン・F・ケネディ空港をわずか四分遅れで離陸したロサンゼルスへの直行便は、北部ペンシルバニアの上空を通過し、クリーブランド、エリー湖南岸、ミシガン南部へと進んで行った。それからシカゴの南を通過し、ダベンポート市の上空でミシシッピ川を越え、イリノイ州からアイオワ州に入った。ネブラスカ州に入ってから、リンカーン航路標識を通過したのち、次の通過地点カンザス州の北西の端にあるグッドランド航路標識を目指し、進行方向を南西に向けて修正した。

のちに残骸から回収されたフライトレコーダーを解析した結果、パイロットはグッドランド航路標識を通過したあと、次の通過地点コロラド州のブルー・メサ目指して適切なコース取りをしていることが分かった。しかし、グッドランドを過ぎてから約百七十キロの地点で、何か異常事態が発生した。飛行高度も速度も落ちなかったが、353便は指定されたルートをはずれ、ジェットルート146から七度逸脱して南西方向に向かい始めた。

それからの二分間、それ以上のことは何も起きなかった。その後、機は、パイロットがコース逸脱に気づいたかのように、機首を突然右に三度ずらした。だが、その三秒後、今度は左に四度向き直った。この機首の揺れは、機体の損傷によるものか、パイロットの操作によるものか、当のフライトレコーダーがカバーする三十の要因すべてを分析してもはっきりしなかった。最初、機尾の方が左に揺れ、その結果機首が右に動き、次に機尾が右に、機首が左に揺れた。凍った道で車がするように、飛行機が空中で横滑りしたようなものである。

墜落後のデータ分析では、この機体の揺れを起こすためにパイロットが方向舵を使った疑いが出てきた。もしこれが本当なら、ナンセンスな行動と言うしかなかった。なぜなら、方向舵を使ってそんなふうに機体を揺らしたら、立っている乗客を床に倒し、客席に大混乱をもたらすに決まっているからだ。

機長のデルロイ・ブレーンと副操縦士のビクター・サントレリは二人ともベテランパイロットで、定期便の操縦経験は二人合わせて四十二年にもなる。機首の方向変更には補助翼を使うのが常識である。補助翼を使えば、方向変更がゆるやかにできる。方向舵に頼るのは、離陸直後にエンジンが不調をきたした場合とか、強い横風を受けながらの着陸時に限られる。

最初の揺れがあってから八秒後、353便はまたまた唐突な動きをした。機首を左に三度向け、その二秒後には七度も右に揺れた。その間、すべてのエンジンは正常に働き、この突然の揺れの原因となったような痕跡は、フライトレコーダーを見る限り残っていなかった。

機首が急に左を向いたため、右翼がそれだけ速く風を切ることになり、したがって右翼だけが浮力を増し、左翼を押し下げることになった。次の二十秒のあいだに、機体の傾きは最大百四十六度にまで達し、機首の落ち込み角度も八十四度にまでなった。

この信じられないような短時間に、７４７型機は水平飛行から、ほとんど垂直状態にまで機体を上下させていた。

この日の機長や副操縦士のような熟練パイロットなら、こんな状態になる前に初期の揺れを修正できたはずである。また、こんな状態になったあとでも、機首を上げれば、墜落は避けられたはずである。エキスパートたちが考えたシナリオは、パイロットがまず初期の段階で補助翼を使わなければおかしい、という点で一致していた。

しかしながら、現実に起きたことは違っていた。おそらく、油圧系統の故障がパイロットたちの懸命の努力を無にしたのだろう。ネイションワイド３５３便は、地面に向かって真っ逆さまに墜落していった。四機のエンジンが動いているままだったから、加速度に推進力が加わって、機体は牧草地の土を水のように跳ね飛ばして地面にめり込んだ。その衝撃のものすごさは、エンジンの鋼鉄製のブレードが、まるで軟らかなバルサ材のようにひん曲がっているのを見ただけで分かった。音もすごかった。遠く離れたパイクス・ピークの斜面に棲息する羽のある生き物たちすべてを巣から飛び立たせた。

二人はクレーターの周囲を半分回ったところで足を止めた。前方、東の空には入道雲が湧き立っていた。だが、ジョーの関心は嵐の到来にではなく、一年前の夜の、あの落雷にも似た墜落事故の真相にあった。

墜落の三時間後、国家運輸安全委員会の調査チームは、連邦航空局が所有する小型ジェット機に乗って、ワシントンのナショナル空港を飛び立っていた。

プエブロ郡の消防および警察当局は、生存者が一人もいないことをその夜のうちに確認した。墜落原因の究明は調査団の仕事である。だから、そのための証拠品類を動かさないよう、警察と消防署員たちはフライトレコーダーだけを確保して墜落現場から引き上げた。

調査チームは、夜明け前にコロラド州のプエブロ空港に到着した。こちらの方が、コロラドスプリングスより現場に近かった。調査チームを迎えた現地の連邦航空局の職員たちは、すでにフライトレコーダーとボイスレコーダーを入手していた。この二つの機器には、所在位置を知らせる電波発信装置がついているから、暗闇の中でも回収は容易だった。

「レコーダーは、調査チームが乗ってきたジェット機に積まれて、すぐワシントンの安全委員会研究所に輸送されたわ」

バーバラがその時の様子を説明した。

「外側はでこぼこでヒビも入っていたけど、データは取れるだろうとみんなが楽観していたのよ」

現地緊急要員の運転する四輪駆動車に揺られながら、調査チームは墜落現場に運ばれた。ステートハイウェー115から出たところの砂利道一帯は通行止めにされ、道の両側には消防車や、パトカー、救急車、検死官たちのバンなどが数珠つなぎに並んでいた。事故をかぎつけてやって来た野次馬たちの車もあった。犠牲者を本心から悼んでいる者もいれば、面白半分で見物する者たちもいた。

「こういう現場は、いつも大混乱なのよ」

バーバラが言った。

「サテライトのアンテナをつけたテレビ中継車がたくさん来て、集まった記者は百五十人もいたわ。わたしたちが到着したのを見ると、記者たちは、声明を発表しろって迫るの。発表できることなんてまだ何もないのにね。調査はこれからだったんですから」

彼女はその先を言いよどんで、両手をジーンズのポケットに突っ込んだ。

風もなければ、花の周りを飛ぶ蜂の羽音もしなかった。辺りの樹木は沈黙を決め込んだように、まったく動かなかった。

ジョーは視線を、黒々と湧き上がる入道雲から、足元のクレーターに移した。353便〝落雷〟の記憶は、割れた岩盤が露出する穴の底に閉じ込められている。

「わたしは大丈夫ですから」

ジョーは保証したが、声はかすれていた。

「是非、真相を聞かせてください」

バーバラは、三十秒ほど沈黙した。その間彼女が考えていたのは、この男にどこまで話していいかだった。

「現場に足を踏み入れたときの印象はいつも同じ。まず勇気よ。あの臭いを一度嗅いだら忘れられないわ。ジェット燃料の臭いに、プラスチックやビニールの焼け焦げた臭い、断熱材やゴムや……遺体の燃えた臭い、壊れたトイレのタンクから流れだした汚物や、死体から出た汚物の臭い……」

ジョーは決意に満ちた目で穴の底をにらんだ。この恨みを体に詰めて持ち帰り、強敵に立ち向かうエネルギーにするのだ。そして、ゆがめられた真相をなんとしてでも暴きださなければならない。

「普通なら、どんな墜落現場でも」

バーバラが話し続けた。

「機体の一部は原形をとどめているものなんです。翼とか、尾翼とか、胴体の主要部とか。墜落の角度によっては、機首やコックピットがそのまま残っている場合だってあるんです」

「353便の場合は?」

「破片が細かすぎて、一見したところ航空機の残骸には見えませんでした。だから、機体の大部分はどこへ行ったのかと思いましたよ。もちろん、広範囲に散らばった細かい破片を、木陰と言わず丘と言わず、東西南北から全部探しだしてきて集めれば、機体分の量だけはあるはずなんです。でも、車のドアより大きな破片なんてなかったわ。わたしが来て最初に確認できたのは、エンジン部の塊と、三人がけ椅子のモジュールぐらいでした」

「すると、あなたが調査した航空事故では最悪の部類だったと？」

「あれほどひどいのはなかったわ。それに匹敵する事故を挙げるなら、過去に二回あるかしら。前にわたしが話した、USエアー427便のホープウェルでの墜落もその一つね。わたしはそのとき調査員ではなかったけれど、現場は見ました」

「調査団がここに駆けつけたとき、遺体はどんなふうでしたか？」

「ジョー……」

「生存者がいるはずはないって、どうしてそうはっきり言えるんですか？」

「その理由は知りたくないでしょ？」

二人の視線が合ったとき、バーバラは目をそらした。

「悪夢にうなされますよ、ジョー。心もすさむでしょう」

「遺体の話はどうなったんですか？」

ジョーは話をそらされたくなかった。

バーバラは両手で髪をかき上げて、首を振った。それから、両手を再びポケットに戻した。

ジョーは大きく息を吸い込み、ブルッと震えてそれを吐いた。そして、同じ質問を繰り返した。

「遺体の話を聞かせてください。どんなことでも詳しく知りたいんです。それが真相の追求に役に立たなくても……わたしの怒りを煽ってくれます。今は怒りを持続させることが、わたしにとって重要なんです」

「原形をとどめているような遺体はありませんでした」

「まったく？」

「ええ。原形に近いものすらなかったわ」

「乗っていた三百三十人のうち、何人の遺体が確認できたんですか？ ……歯型とか、体の一部とか、なんでもいいから、とりあえず本人と確認できた遺体はどれだけあったんですか？」

彼女は意識して感情を殺したつもりだろうが、その声はささやきになっていた。

「約百体ぐらいだったと記憶しているけど」

「みんなバラバラになったわけですね」

ジョーはそう言って自分を痛めつけた。

「巨大なエネルギーが一瞬で消滅したわけですからね。その衝撃の大きさで、肉片の一つ一つが人間のものと判別できないほどになりました。散乱する遺体や汚物などから伝染病が発生する危険があったので、調査団は一度引き返し、防菌服に着替えて出直さなければなりませんでした。機体の破片もすべて回収して専門家に分析してもらわなければなりませんから、破片集積所を道路沿いに四か所も設けました。破片はそこで整理されてからプエブロ空港の倉庫に運ばれたんです」

蛮勇を奮いたたせるために、ジョーはあえて言った。

「そういう物は、破砕機にでもかけて、みな粉々に砕いてしまうのかと思っていました」

この重大な疑惑が解明されるまで、決して怒りを鎮めるな！　めそめそしている場合ではない。ジョーはそう自分に言い聞かせた。

「よしなさい、ジョー。これ以上知ったからってなんの役にも立ちませんよ」

天地創造はここから始まったのではないかと思えるほど、辺りは静まり返っていた。神のエネルギーは、音のない真空地帯をここに残して、宇宙の果てに引き上げて行ったのかもしれない。

太った蜂が一匹、八月の太陽熱で力をそがれたのか、蜂らしい活発な動きを見せずに、花から花へふらふらと飛んでいた。まるで蜜集めの夢でも見ているようなのんびりとした飛び方だった。羽音もジョーの耳には聞こえてこなかった。

「それで墜落原因は——」

ジョーは質問した。

「油圧系統の故障なんですね？　例の方向舵による横滑りとローリングのそもそもの原因は？」

「報告書を詳しく読んでいないようね？」

「そんな余裕はありませんでした」

「爆弾や、悪天候、ほかの航空機による気流の乱れなどの可能性は初期の段階で消去されました。二十九人の専門家からなる機体調査班がプエブロの倉庫に八か月も入り浸って破片の一つ一つを詳細に調べたんだけど、原因を推定するまでには至らなかったわ。ああだこうだと意見は出ましたけどね。横ぶれ防止装置の故障やドアの故障の可能性も指摘されました。エンジンマウントの故障の可能性が有力視されたときもあったわ。消去法で一つ一つの可能性がつぶされていった結果、公式に発表できる墜落原因はついに突き止められませんでした」

「そんなことってよくあるんですか？」

「極めて特異なケースですね。もちろん原因不明の場合は間々あります。前に言ったホープウェルの94年の事故や、91年にコロラドスプリングスで起きた737型機の墜落事故などは、やはり原因不明のままです」

彼女の話の中の〝公式に発表できる墜落原因〟という表現がジョーの胸に引っかかった。

気になったことはほかにもあった。

「七か月前に安全委員会から依願退職されたそうですね？　調査官のマリオ氏からそう聞きましたけど？」

「ああ、マリオね。彼はいい人よ。〝人災調査〟グループの責任者をしていたわ。でも、わたしが辞めてからは九か月になるはずよ」

「機体調査班が事故原因を調べるのに八か月もかかったのなら……結論を出す時点であなたはすでに調査団にはいなかったわけですね？」

「ええ、抜けていたわ」

彼女はジョーの指摘を確認した。

「いろいろ厄介なことになってきましたから。証拠品が盗まれたり、そのことでわたしがあれこれ言いだすと、圧力がかかったりね。とどまって最後までやろうとしたんだけど、捏造に荷担することはできなかったわ。真相の解明ができないなら辞めようと決心したの。正しい選択だったとは自分でも思っていないけど、わたしには〝運命の人質〟がいたのよ」

「運命の人質？……　〝お子さん〟のことですか？」

「ええ。デニーはいま二十三歳で、もう子供ではないんだけど、彼に万一のことがあったら、わたしは……」

その先の言葉は聞かなくとも分かった。

「連中は息子さんを脅したんですね？」

視線の先をクレーターの底に置きながら、バーバラは、三百三十人の悲劇ではなく、彼女個人に降りかかるかもしれなかった不幸を見つめていた。

「それが始まったのは、事故が起きてから二週間後だったわ」

彼女は覚悟したような口調で話しだした。

「わたしは、353便の機長、デルロイ・ブレーンが住んでいたサンフランシスコに来ていたの。機長の精神状態に何か問題はなかったか、詳しく調べるためにね」

「それで何か分かったんですか？」

「いいえ、彼は心身共に健全だったわ。当時は、集まった証拠品と共に中間報告だけでも公表すべきだと、わたしが強く主張している頃でした。サンフランシスコではホテルに泊まっていたんだけど、わたしはぐっすり眠っちゃうタイプなんです。夜中の二時半に誰かが部屋に入って来て、ライトスタンドの明かりをつけると、いきなりわたしの顔に銃を突きつけたの」

長年事故調査チームで働いているうちに、バーバラは、どんなに深く眠っていてもすぐに起きられる習慣を身につけていた。耳元で照明のスイッチが鳴ったときも、電話のベルで起こされたようにハッと目を覚まし、すぐさま頭を現実に切り替えることができた。

侵入者の姿に、悲鳴を上げて当然なのだが、ショックが大きすぎて、彼女は声を出せなかった。

銃口を向けていた男は四十歳ぐらいで、猟犬のような大きくて悲しそうな目をして、飲酒癖で赤らめたらしい鼻の下にしまりのない口をつけていた。そのぶ厚い唇は、タバコにしろ、ウイスキーにしろ、女の乳首にしろ、次なる誘惑に備えるかのように、開いたままだった。

男は、葬儀屋がするように、小さな声に同情を響かせて話した。だが、その話は真に迫っていた。彼はピストルに消音装置が付いていることを説明したうえで、もしおまえが声を上げたら、躊躇なく引き金を引いて、おまえの脳ミソをぶっ飛ばす、と彼女を脅した。

バーバラは動転しながらも、彼が何者で、何が欲しいのか訊こうとした。

しかし、男は彼女を黙らせ、ベッドの端に腰をおろした。

個人的にはなんの恨みもないと彼は言い、本当は殺したくないのだと説教をたれた。だが、353便墜落事故調査団の責任者が殺されたとなれば、疑惑が疑惑を生むことになるから、それだけは避けた方がいいというのが彼らの本音らしかった。

この赤鼻のガンマンの雇い主が誰であれ、いま世間から疑惑の目を向けられては、いろいろと不都合なのだ。

バーバラが気づくと、部屋には侵入者がもう一人いた。その男は部屋の端のバスルームの近くに立っていた。

二人目の男は、最初の男より十歳は若そうだった。彼のスベスベしたピンク色の顔と、コーラスボーイのような目は無邪気な少年を思わせるが、ニヤリとするときの表情は妙に老けていて、ヘビの出す舌のように気味が悪かった。

年長の方の男が、彼女の寝ているベッドのカバーをまくって言った。

「説明したいことがあるから、立ってもらえるかい？」

口調はていねいだったが、言葉の内容は脅迫だった。

「これからわれわれが説明することを理解してもらえれば、おまえさんを殺さなくて済むんだ」

パジャマ姿のまま、彼女は言われたとおりに立ち上がった。若い方の男がうすら笑いを浮かべながら、机の下におさまっていた椅子を引きだしてきた。彼女はその椅子に座らされた。内鍵もチェーンもかけて寝たはずなのに、どうして侵入できたのだろうと思って部屋を見回すと、隣りの客室との仕切り壁についている、続き部屋にするためのコネクティングドアが開かれていた。それでも疑問は残った。そこのドアも、寝る前に施錠を確認していたからだ。

年輩の男の指示に従って、若い男はガムテープとハサミを取り出し、それでバーバラの両手首を椅子の背もたれにくくりつけた。

バーバラは相手の言いなりになるしかなかった。ここで逆らえば、悲しそうな目の男はためらいなく彼女の頭をぶち抜くだろう。あのぶ厚い唇を動かして、「おまえの脳ミソをぶっ飛ばす」と言ったときの男はとても嬉しそうだった。

若い男はテープを十五センチくらいの長さに切って、それでバーバラの口を塞いだ。それから、口に貼ったテープがはがれないよう、もっと長いテープをその上に貼り、余った分で頭を二重巻きにした。男たちは彼女の鼻を塞いだりして、息を止めるようなことはしなかった。殺すつもりなら、もうとっくにできたはずだ。パニック状態になっていたバーバラだが、そう考えると、自分を取り戻すことができた。

うすら笑いの若い男が部屋のすみに退き、唇の厚い男がベッドの端に腰をおろして、バーバラと向かい合った。二人の距離はひざが触れ合うほど近かった。

男はピストルを乱れたシーツの上に置き、ポケットからナイフを取り出した。ジャックナイフだった。男はそれをパシンと開けた。

バーバラは再びパニックに陥った。呼吸も速くなった。フンフンと浅い呼吸を繰り返すたびに、鼻の立てる音が男を面白がらせた。

男は別のポケットから、スナックサイズのゴーダチーズを一パック取り出すと、ナイフを使ってセロハンの包装を破り、発酵を防止するためにチーズを包んでいる赤いロウのスキンを取り除いた。

鋭そうなナイフの刃でチーズを裂いては、それをムシャムシャと食べながら、男はバーバラに、息子の住所と仕事場を知っていると話した。そして、彼がそらんじた住所は間違いなく息子のものだった。

デニーの結婚した相手の名前はレベッカであり、結婚したのは三十か月と九日、と言ってから、男は時計を見ながら計算して、それと十五時間前だ、と言ってのけた。レベッカが六か月の身重であり、生まれてくる予定の女の赤ちゃんがフェリシアと名付けられることまで知っていた。

デニーとその新婦に降りかかる災難を避けるために、バーバラは、353便のボイスレコーダーに関するつくられた公式発表に同意せざるを得なかった。さらに、ボイスレコーダーで聞いた事実をすべて忘れるよう命令された。

もしこれ以上真相を追求しようとしたり、疑念をマスコミや一般大衆に伝えた場合は、デニーとレベッカはこの世からいなくなると脅された。彼らの手口が目に見えるようだった。息子夫婦を拉致して、どこか防音装置の付いた地下室にぶち込み、答えようのない尋問を長々とやったあとで、デニーを縛りつける。そして、彼の目の前でレベッカとお腹の中の赤ちゃんを殺めるのだろう。

それから彼らは、毎日一本ずつ彼の指を切り落としていく。その間、出血や化膿の治療を続けて彼が死なないようにする。十一日目と十二日目に、耳を切り取る。

この流血の拷問をたっぷり一か月間楽しむ。

毎日彼の体のどこかを切り取りながら、母親が口を慎み、彼らの画策に協力すれば、ただちに拷問を中止して母親のもとに返してやると言い聞かせ続ける。そして、彼らの策謀は国防を含む国益にとって重大事なのだとでも言うのだろう。

国益云々の部分は、彼ら側から見れば確かに事実かもしれないが、話全体は嘘っぱちに決まっている。息子を自由にしてやるという約束も、なんだかんだとケチをつけられて、結局は果たされないのだろう。どことも知れぬところに閉じ込められた息子は、毎日死の苦しみを味わされながら、最後には母親を恨んで死んでいくのだ。

切れ味の良さそうな刃先でゴーダチーズを口に運びながら、唇の厚い男はバーバラに請け合った。警察も、名にし負う優秀なＦＢＩも、世界に冠たる合衆国軍も、デニーとレベッカを彼らの手からは守り切れないと。これら政府組織に深く食い込んでいる底知れぬ力のある機関があり、おれはその機関に雇われている身だ、と男は自分の立場を説明した。

もし男の言うとおりだと思ったらうなずくよう、バーバラは指示された。

男の言うことに疑念を差しはさむ余地はなかった。バーバラは直観で事態を把握した。そして、男の言うことを無条件で理解した。その説得力のある話し方と、脅しの込められたひと言ひと言に、バッジを胸に人を操る、権力を楽しむ男の不遜さがうかがえた。税金から高給をむしり取るこういう連中は、いつも老後の年金を計算しながらエリート意識を丸出しにして、あらゆる特権を貪っているのだ。

さんざん脅し文句を並べ立てて、男は協力するかとバーバラに尋ねた。

バーバラは、良心の呵責と屈辱感とは裏腹に、まるで宣誓するような誠実な態度でうなずいた。

〝はいはい。協力させてもらいます。はい〟

刃の上に載せた、小魚の背肉のような色の悪いチーズのひと切れに目を落としながら、男は、彼女の誓いが誠実なものでなければならないと強調した。それについては、彼らの決意を彼女に知らしめるために、ホテルを出るとき無差別に誰かを殺していくと宣言した。胸に二発、頭に一発食らわせる、と詳しい手口まで説明した。

びっくりしたバーバラは、口を塞がれたまま顔をゆがめて抗議の態度を表わした。だが、しっかりと貼りつけられたテープの奥からは意味不明のうめきが漏れるだけだった。バーバラは罪のない赤の他人を巻き添えにしたくなかった。とにかく協力すればいいのだ。これ以上脅されなくとも、話は分かった。男たちの決意が固いこともよく分かった。

男はその物悲しげな目を彼女から決してそらさず、それ以上は何も言わないまま、チーズの残りをゆっくりと平らげた。

男の凝視そのものに、バーバラを打ちのめす破壊力があった。それでも彼女は男から目が離せなかった。

最後のひと口を飲み込むと、男はナイフの刃をシーツでぬぐった。それから刃を柄におさめ、元のポケットに仕まい込んだ。

歯のあいだに詰まったチーズを舌打ちして吸い込み、散らばったセロハンと赤いロウをかき集めて、男は立ち上がった。そして、それを机の横のゴミ箱の中に投げ入れた。

部屋のすみから出てきた若い男の不安げなうすら笑いは、いつの間にか自信に満ちた笑いに変わっていた。テープの猿ぐつわをかまされたまま、バーバラは、罪のない人が殺されることにまだ抗議しようとしていた。年長の男はバーバラのところに来ると、右手を振り上げ、彼女の首すじにチョップを叩きつけた。

その瞬間視界が暗くなり、そこに火花が散った。バーバラは前のめりになった。椅子が腰から離れるのが分かった。だが、顔が床を打つ前に、バーバラは気を失っていた。

それからおよそ二十分間、彼女は悪夢の世界をさまよった——赤いロウを割ると、中から切断された指が出てきた。ゆでたエビのような赤ら顔が笑ったかと思うと、真珠の首飾りのような歯がこぼれ、光り輝く歯はバウンドしながら、廊下を転げていった。しかし、欠けた歯は、ぶ厚い唇のあいだの暗闇の中で再生され、コーラスボーイのような青い目がしばたたいた。その目に映る影は自分ではなく、耳のないデニーが悲鳴を上げている姿だった。

意識を取り戻したとき、彼女は起こされた椅子の上に座っていた。うすら笑いの若造か、唇の厚い男のどちらかが、立ち去る前に多少情けをかけたらしい。

手首を椅子のアームにくくりつけられていたが、それほどきつくなかったので、思い切り力を入れて動かすと、テープはやがてゆるみ、十分もしないうちに右手が自由になった。左手のテープはさらに早くはがすことができた。

彼女は爪切りバサミを使って、頭に貼りつけられたテープを取り除いた。それから、口に貼られたテープを勢いよくはがした。肌は思っていたほど痛んでいなかった。

体が自由になって気づいてみると、彼女はいつの間にか受話器を握っていた。だが、話せるような相手は思い浮かばなかったので、受話器を元に戻した。

従業員か客の誰かに命の危険が迫っているとホテルの夜間マネジャーに話したところで、真に受けてもらえるだろうか。男たちがもしそのつもりなら、もうとっくに引き金は引かれているだろう。二人が部屋を出て行ってから、少なくとも三十分は経っている。

首の痛みに顔をしかめながら、バーバラは、男たちが使っていた部屋へのコネクティングドアに足を運んだ。そして、ドアを開けて鍵の状態を調べてみた。彼女のプライバシーを保つはずの内側のラッチは、向こう側からでも簡単に動くようになっていた。

壊れているわけではない。真鍮は新しいし、もともとそういう仕掛けの鍵なのだ。彼女がチェックインする前に、男たちが自分たちで取りつけたか、ホテルの設備係にやらせたかのどちらかだ。そのうえで、フロント係と共謀して、この部屋を彼女にあてがったのだろう。

バーバラは、飲む人間ではないのだが、備えつけのミニバーからウォッカのミニボトルを一本取り出し、それをオレンジジュースで割った。ジュースを注ぐとき、手が震えて周りにたくさんこぼしてしまった。でき上がったスクリュードライバーをのどに流し込むと、同じものをもう一杯作って、それも一気に飲み干した。それから、バスルームに駆け込んで、飲んだものを全部もどした。

自分が不潔に思えてならなかった。夜明けまでまだ一時間あったが、彼女は長い時間シャワーを浴びた。あまり体をこすりすぎたのと、湯を熱くしすぎたのとで、肌が腫れ上がったように赤くなり、チクチクと痛みだした。

ホテルを移ったところで簡単に見つけられてしまうと分かっていたから、そうしてもしようがないのだが、やはり同じ場所にはいられなくて、バーバラは荷造りを始めた。一時間後、日の出と同時に、宿泊代を精算するため、フロントへ下りて行った。

豪華なロビーのあちこちに警察官の姿があった。制服姿の警察官もいれば、私服の刑事もいた。

目を丸くして話すキャッシャーから、午前三時以降の何時かに、若いルームサービスのウエイターがキッチン近くの従業員用廊下で射殺されたのだと聞かされた。胸に二発、頭に一発撃ち込まれていたという。

死体が発見されたのは、撃たれてからだいぶ経ってからだった。奇妙なことに、銃声を聞いた者は誰もいないのだ。

まるで、恐怖で背中を小突かれるように、バーバラはあわててチェックアウトを済ませ、タクシーに乗って別のホテルへ移った。

太陽はすでに高く昇り、空は青かった。名物の霧も、湾からゴールデンゲート・ブリッジの向こうのそびえ立つ堤防辺りにまで引いていた。その景色が、新たに移ったホテルの部屋の窓から部分的に見えた。

彼女は航空術のエンジニア、つまりパイロットである。コロンビア大学の経営学修士の学位も持っている。国家運輸安全委員会内〝唯一の女性調査官〟は彼女が努力の末に勝ち得た地位だった。十七年前に夫が出て行ったあと、彼女は一人で息子のデニーを育てた。それも、立派に育て上げた。その、苦難の上に築き上げたもののすべてが、悲しそうな目をしながらセロハンと赤いロウを丸めてゴミ箱に捨てた、あの唇の厚い男の手に握られているのだ。

その日の約束はすべて取り消し、ドアには〝就寝中〟の札をぶら下げ、カーテンを閉め切り、バーバラはベッドの中にもぐり込んだ。

身震いするような怖さは、身震いするような悲しみに変わった。犠牲になった名も知れぬルームサービス係のウエイターが可哀そうで、バーバラは嗚咽が止まらなかった。デニーもレベッカも生まれてくるフェリシアも、これからは明日をも知れぬ運命の糸で操られる。彼女自身は良心を捨て、自己嫌悪に生きなければならない。３５３便に乗っていた三百三十人の人たちと、否定された正義と消えた希望を悼んで、バーバラは泣いた。

草原に一陣の風が吹き渡った。アスペンの老木が葉を揺らして立てる音が、殺した命を数えては歓喜する悪魔のざわめきにも聞こえた。

「そんなことまではさせられません」

ジョーは言った。

「息子さん家族の命を危険にさらしてまで真相を話すなんて、すべきではありません」

「それを決めるのはあなたではありませんよ、ジョー」

「それはそうですけど――」

「あなたがロサンゼルスから電話してきたとき、わたしが変なことを言ったのは、ヤツらに盗聴されるのを恐れたからです。でも、本当は、盗聴なんてされていないのかもしれません。ヤツらはわたしを落としたと安心しているでしょうから」

「でも、もし少しの危険でも――」

「今はもう監視はされていないと思う。それはずっと前に終わったことよ。わたしが調査官を辞めて、早々に引退手続きを取り、ワシントンの家を売り払ってコロラドスプリングスに引っ込んだのを知って、彼らは満足したんでしょう。わたしは事実上、破滅したんですからね」

「破滅した人間などには見えませんよ」

その言葉に感謝して、バーバラは彼の肩をポンポンと叩いた。

「わたしはなんとかやってきたわ。あなた、つけられていなかったでしょうね？」

「それは大丈夫です。昨日、完全に巻きましたから。今朝ロサンゼルス空港に向かうときも、誰にもつけられていませんでした」

「でしたら、わたしたちがここにいることは誰にも知られていないんですから、わたしがあなたに何を話そうと自由なわけです。ただし、絶対に他言はしないと約束してくれますね？」

「そんなことは絶対にしません。でも、あなたに降りかかる危険がやはり――」

ジョーはその点が心配でならなかった。

「わたしはずっと考え続けてきたの。このままでは嫌ですからね。それで、わたしなりに情勢を分析して、一つの結論を得たわ。彼らは、わたしが話をある程度息子に聞かせたと思っているはずよ。だから息子は用心していると、彼らは計算しているはずです」

「息子さんには本当に話したんですか？」

「いいえ、ひと言も。そんなことを知ったら、息子の人生はどうなると思います？」

「正常の生活は送れなくなりますよね」

「そうよ。今だって、わたしたちの一家の命は細い糸の先にぶら下がっているようなもの。あのとんでもない隠蔽工作が続く限り、この状態は変わらないのよ。わたしたちに残されたただ一つの希望は、誰かが現われて、この秘密の風船に針を刺してくれることなの。そうすれば、わたしが知っていることなどなんの価値もなくなるんだわ」

東の空にしかなかった雷雲は、未来映画の戦争シーンで空飛ぶ母船が迫り来るように、その黒い舳先をぐんぐんとこちらの空に広げていた。

「さもなければ」

バーバラは続けた。

「たとえわたしが口を閉ざしていても、彼らは危険な口を塞ぐため、これから一年か二年以内に関係者全員を始末するでしょう。その頃には353便のニュースも忘れ去られていて、墜落事故と、息子やその他の人たちの死を結びつける人もいないはずです。告発しようとした人たちがどんな運命をたどったかなんて誰にも気づかれずに終わるんです。あいつらが何者なのかは知らないけど、どうせ〝交通事故〟や〝火災〟や〝強盗〟や〝自殺〟で殺人を偽装するんでしょう」

ジョーの脳裏を悪夢のシーンがよぎった――炎に包まれたリサ、キッチンの床に横たわるジョルジンの死体、血染めのナイトランプに照らされたチャーリー。

ジョーは反論する気になれなかった。バーバラは考え抜いた末にそういう結論に達したのだろうから。

今にも降りだしそうな空模様だった。険悪な雲が息を止め、口を開けて怒りを吐きだそうとしていた。

バーバラは、秘密を暴露する運命の第一歩をこう言って踏みだした。

「フライトレコーダーとボイスレコーダーは、委員会の専用ジェットでワシントンに運ばれ、墜落した翌日のイースタンタイムの三時までには研究班の手に渡されていました」

「そのとき、あなたはまだ墜落現場で調査に当たっていたんですね」

「ええ、そうです。安全委員会の電子技術者のミン・トランが同僚の研究者たちと一緒にレコーダーを開けたんです。ステンレススチールで囲われた、靴箱ぐらいの大きさのものですけどね。それを特別なのこぎりで切るんです。衝突時の衝撃で外枠がボール紙みたいにひん曲がり、割れ目もできていました」

「それでも中は大丈夫だったんですか？」

「いいえ、中も外も壊れていました。でも、より小さい鋼鉄製のメモリーモジュールが内側に入ってるんです。テープはその中に入っています。メモリーモジュールにもひびが入っていて、そこから水が染み込んでいたんですが、中のテープはなんとか助かりました。それを乾かして巻き直すのは、それほど大変な仕事ではありません。ミンとその同僚たちは、防音室に集まってテープに耳を傾けました。墜落に至るまでの、コックピット内でのおよそ三時間分の会話が録音されていました」

「最後の数分間分聞けば済むんじゃないんですか？」

ジョーは常識を働かせて訊いた。

「いいえ。警察が重要だと思わなくても、飛行初期の会話の中に事故の原因を示唆するものが潜んでいる場合もあるんです」

生温かい風はだんだん強くなり、花から花へふらふらと飛ぶ蜂の無気力な飛行を許さなくなっていた。生き物たちは、迫り来る嵐を予感して、森の中の秘密の巣に帰って行った。

「ボイス・レコーダーといっても、たまにはぜんぜん録音されていない時があるんですよ」

バーバラは業界の事情を説明した。

「テープが古くてすり減っていたとか、マイクロホンが故障していたとか、理由はさまざまです」

「そんなに大切なものを、一週間に一度交換するとか、毎日点検するとか、しないんですか？」

「墜落する確率の少なさを考えてみてください。各種作業による出発の遅れは、大きな損失につながります。乗客輸送は結局商売ですからね、ジョー。見えないところには、どうしても手が回らなくなりがちなんです」

「なるほど」

「353便のテープの場合、ツイているところとツイていないところがありました」

バーバラはその点を説明した。

「機長も副操縦士も高性能のヘッドホンを使っていたんです。そのおかげで、わたしたちは三チャンネルの音を調べることができました。ツイていなかった点は、テープが古かったことです。完全に使い古しのテープでした。そのうえ、水蒸気が付着していたから、録音素子の大部分が腐食してしまっていました」

バーバラは、ズボンのうしろのポケットからたたんだ紙を取り出して、ジョーに渡す素ぶりを見せたが、すぐには渡さなかった。その代わりにこう言った。

「ミン・トランたちが内容を調べてみると、はっきりと録音されていた部分もあったし、テープの腐食のため、言葉の四語に一語しか聞き取れなかった部分もあったんです」

「最後の部分はどうだったんですか？」

「それが、最後の部分が一番状態が悪かったんです。テープは結局、修復再生するしかないという結論になりました。テープに残っているものを、電子的に取り出して増幅させる作業をするんです。録音テープ全体を聞いた調査部の責任者、ブルース・ラセロスが、事情を説明するため、プエブロにいたわたしに電話してきたんです。イースタンタイムの七時十五分過ぎでした。もう夜遅いので、作業は明日にまわすと言っていました。わたしはがっかりしました」

東の空から戻って来たワシが二人の真上を飛んでいた。嵐をはらんだ雲の下を、来たときと同じようにまっすぐ通過して行った。

「まあ、その日一日、嫌なことだらけでしたけどね」

バーバラは話し続けた。

「バラバラになった遺体を収容するため、デンバーから冷凍車を呼んだんです。機体の破片を回収する前に、その方が先決でしたから。それに、いつもの気の重くなる会合を消化しなければなりませんでした。この会合というのが厄介なんです。なぜなら、みんながそれぞれの利益を代表しているからです——航空会社に、航空機製造会社、エンジンを製造した会社、パイロット組合——それぞれが自分の立場だけでものを言うから、話がなかなかまとまりません。そのあいだに入って、中立公平を保つのがわたしの立場なんです。大変なのが分かるでしょ？」

「それに、新聞、テレビがありますしね」

ジョーは言われる前に自分の立場を表明しておいた。

「わたしは、出動を受ける前の晩は三時間足らずしか寝ていなくて、現場に着いたときも眠くて眠くて、夜中ちょっと過ぎにベッドに入ったときは歩く死人のようでした。なのに、ワシントンでは、ミン・トランがまだ仕事を続けていたんです」

「ボイスレコーダーを最初に開けたのは誰なんですか？」

ズボンのポケットから取り出した折りたたんだ紙を、手の中でひっくり返しながらバーバラは言った。

「ミンだけは特別なのよ。彼の家族はボートピープルの生き残りで、サイゴン陥落後の共産主義者の手も、海賊の手も振り払い、荒波を乗り越えて生き抜いてきたから、努力の大切さを知っているんだわ。力は百十パーセント発揮しないと生き残れないし、繁栄もないってね」

「わたしにも、ベトナム移民の友人がいますが……いましたが、彼らのガッツは称賛に値しますよ」

「そうでしょうとも。あの日も七時十五分過ぎにみんなが帰ってしまったあとで、ミンだけが残って仕事を続けていたんです。自動販売機で夕食を済ませ、最後の瞬間が聞けるよう、一人でテープを再生していたのね。テープに入っていた音をデジタル化して、それをコンピューターにかけて人間の声と雑音を分離させるんです。機長たちが使っていたマイクロホンが優秀だったおかげで、この作業は比較的楽だったそうよ。とにかく彼が最初に聞いたときは、わけの分からない雑音のような状態だったけど、なんとか声と背景音を分離することができたらしいの」

バーバラはそう言って、折りたたんだ紙をジョーに渡した。

ジョーは受け取ったが、開いてはみなかった。中に何が記されているのか、知るのが恐ろしかった。

「ミンがわたしに電話してきたのは、ワシントン時間の午前四時十分前、プエブロでは夜中の二時十分前でした」

バーバラはそのあいだのいきさつを説明した。

「わたしはどうしても睡眠が必要だったので、オペレーターには取り次がないよう言っておいたのですが、ミンは急用だとかなんとか言ってオペレーターを説得したようです。彼はすぐにテープをかけて、わたしに聞かせてくれました。ミンとわたしはその場で意見を交わしたわ。わたしは小型テープレコーダーを携行していたので、それにオリジナルテープの内容を録音したんです。重要な話し合いは必ず録音しておくのがわたしの習慣ですから。ミンとの話を終えたあと、わたしはテープをかけて、機長と副操縦士のあいだで交わされた最後の会話を十回以上聞きました。それから、会話の内容をノートに書き出したんです。聞くと読むとでは、意味が微妙に違うことがありますからね。耳が聞き落とすニュアンスを、目が見つけるという場合です」

ジョーは、自分が握っている書面の重大さを認識した。厚みから判断して、三枚ぐらいはあるように見えた。

バーバラが言った。

「ミンはまず、一番先にわたしに電話をくれたんです。調査部長のブルース・ラセロス、それから、議長と副議長に——できたら五人の委員全員に——個別に聞かせるつもりだったらしいんですけど。もちろんそれは、通常の手続きではないのですが、ミンは異常事態だと判断して、そうすることにしたんでしょう。今挙げた人たちのうち、少なくとも誰か一人はテープを聞いたはずです——もっとも、当初から全員がそれを否定しています。でも、今となっては真相を知る術はありません。ミンは同じ日の朝、わたしに電話をくれてから二時間後の六時ちょっと前に研究所で焼死したんです」

「なんていうことなんだ！」

「逃げだすことができないほどの急激な火勢だったそうよ」


ジョーは気味が悪くなって、牧草地を囲む森林をぐるっと見回した。木陰から尾行者の影が見えてもおかしくない雰囲気だった。バーバラに連れられて最初にこの場に着いたときは、その人里離れた侘しさだけが印象に残ったジョーだったが、今は切迫した危険と人の目を感じて、まるでロサンゼルス市内の交差点の真ん中に立たされているような気分になった。

「すると、ボイスレコーダーからのオリジナルのテープは焼失してしまったんですか？」

「ええ、灰になってしまったわ。跡形もなくね。〝バイバイ、さよなら〟よ」

「デジタル信号化されてコンピューターに入力された分はどうなったんです？」

「それも焼けただれて、修復不可能になったわ」

「でも、録音のコピーの一つはあなたの手元にあるんですよね？」

バーバラが首を横に振った。

「カセットをホテルの部屋に置いて、朝食に出たの。スタッフたちに聞かせるには、まだそのタイミングじゃないと思ったから」

「と言いますと？」

「パイロットは死亡しているから、死人に口無しです。もし、責任が彼にあるとしたら、残された家族はつらい思いをするでしょうし、航空会社は、犠牲者たちの遺族から天文学的数字の賠償訴訟に直面しなければなりません。とにかく、軽挙妄動は禁物です。わたしはまず、マリオを部屋に呼んで、彼にだけ聞かせるつもりでした」

「マリオ・オリベリ氏のことですね？」

バーバラの消息を教えてくれた、デンバー在住の調査官を指してジョーは言った。

「ええ、そうよ。〝人災調査〟グループの長としてのマリオの意見は、この際重要ですからね。でも、ちょうど朝食を終えようとしていたときに、研究所火災のニュースを知らされたんです。わたしもマリオと一緒に急いで部屋に戻ってみると、そこに置いておいたテープは音無しになっていました」

「別のものと替えられていたんですね？」

「あるいは、わたしの機械に入ったまま消されたんでしょうね。わたしと長距離電話で話したことを、ミンが誰かに話したんだと思うわ」

「すると、あなたはその時点で何かあるって感づいたわけですね？」

バーバラはうなずいた。

「ええ。悪臭プンプンだったわ」

彼女の頭髪は、いま頭上を飛んで行ったワシの頭のように白かった。これまで若々しく見えていたバーバラが、このとき急に老けて見えだした。

「悪臭はしても、にわかには信じられなかったでしょうね？」

「わたしは国家運輸安全委員会に一身を捧げた人間です。その一員であることに誇りを持っていました。その気持ちは今でも変わりません。委員会にいるのは善良な人たちばかりです」

「そのテープの内容というのをマリオにも話したんですか？」

「ええ」

「マリオの反応はどうでしたか？」

「信じられない思いだったでしょうね。驚いていたわ」

「書き出したノートは見せました？」

バーバラはしばらく黙っていた。が、やがてポツリと言った。

「いいえ」

「どうしてですか？」

「わたしは怒りで動転していたんです」

「誰も信じられなくなったんですね？」

「急激な火の回りから考えて……、ガソリンか石油か、その類いのものが使われたんだと思うの」

「放火ということですか？」

「その可能性を指摘した人間は誰もいなかったわ。わたしだけ。研究所の火災調査報告書の内容をわたしは今でもぜんぜん信用していません」

「ミンの解剖結果はどうだったんですか？　殺害してから、それを隠すために放火したとか――」

「もし、そうだったとしても、死体からは何も証明できなかったでしょう。完全な黒焦げになっていたんですから。わたしに言えるのは、彼が優秀で善良だったということです。ミンは、自分の努力が少しでも墜落を防ぐことになり、人の命を救うことになるのだと信じて、仕事に邁進していました」

ジョーとバーバラが牧草地に足を踏み入れた辺りの松の木陰で、何かが動いた。紫色の陰の一点が、さらにその色を深めた。

ジョーは息をのんだ。確かに見たような気がした。しかし、何とははっきり識別できなかった。

「多分、鹿でしょう」

バーバラは心配していない様子だった。

「でも、もし違ったら？」

「そのときは、わたしたち二人とも殺されているでしょうね。話が終わってからにしろ、その途中にしろ」

当然のことのように言うその口調が、353便墜落後の、彼女の命の風前の灯ぶりを物語っていた。

ジョーが新たな疑問を呈した。

「あなたのテープが消されたわけですから——当然疑わしい人物がいたと思うんですが?」

「多分わたしが疲れていたんだろう、ということにされてしまったの。墜落の前の晩三時間しか寝ていなくて、次の日はやっと寝たところをミンに起こされて、可哀そうなバーバラは、何度も何度もテープを聞いているうちに間違って消去ボタンを押してしまったのだろう、ってね」

バーバラは苦々しく顔をゆがめた。

「そんなバカなこと、あり得ると思う?」

「可能性としてあり得るんですか?」

「まったくないわね」

ジョーはたたまれた紙を広げたが、まだそこに目は移さなかった。

「あなたがテープの内容を話したとき、どうして同僚たちは信じなかったんですかね? あなたが信頼できる人間だと知っていたでしょうに」

「信じてくれる人もいたし、信じない人もいたわ。わたしの幻聴ではないかと思う人もいたみたい。たまたま、墜落事故の何週間か前からわたしは中耳炎を患っていて、そのせいだと思う人もいたようです。とにかくわたしのことが嫌いで、わたしの言うことは何も信じないという人も何人かいました。誰からも好かれる人なんていませんものね。いずれにしても、すべては迷宮入りになってしまったということです。テープがない以上、機長と副操縦士が交わした会話を証明するものは何もないんです」

「テープを書き出したと誰かに話したのはいつですか？」

「それは誰にも話さずにいました。人に見せるにはタイミングが大切だと思ったからです。調査結果が出て、わたしの主張が正しいと認められそうな時が、そのタイミングだと計算していました」

「その時は、あなたの書いた手書きの原稿そのものが証拠になり得るからですね？」

「そのとおりです。議論のための有力な材料になり得ます。記憶だけではどうしてもあやふやになりますから。ちょうどそのときでした。あのいやらしい連中がわたしの泊まっていたホテルの部屋に侵入してきて……あれ以来、信念を貫くなんて、わたしにはもうできなくなってしまいました」

東の森の方から二頭の鹿が草原に飛びだしてきた。オスとメスだった。二頭は跳びはねながら草原を横切り、北の林に消えて行った。

ジョーの首すじは凝っていて、まだ痛かった。

ちょっと前に松の木陰に見えたものも、どうやら鹿らしかった。だが、そのあわてふためいた跳びはね方から見て、森の中で誰かに追われたか、何かに驚いたかのどちらかと見えた。

世界のどこへ行けば静かな生活が送れるのだろう？　その疑問が胸をよぎる前から、答えは分かっていた。

安全な場所など世界中どこにもないのだ。これからもずっとそうだ。


ジョーが訊いた。

「安全委員会の中で、疑わしい人物は誰ですか？　ミン・トラン氏があなたの次に話したのは誰だと思います？　そいつですよ。ミンを殺害して、証拠を焼き払ったのは」

「それが誰だかは特定できないんです。議長も副議長も、そして五人の委員全員がミンの上役に当たるんです。だから、誰に話してもおかしくありません。ブルース・ラセロスだとは思いたくないわ。彼はいわゆるノンキャリアで、努力の人よ。今日の地位を得たのも一歩一歩這い上がってきた結果だし、陰謀に荷担するようなタイプじゃないわ。それに対して、五人の委員の方は大統領に任命され、上院で承認されて、五年の任期を務めることになった、いわば〝社外重役〟よ」

「政治屋たちだな」

「とは言っても、運輸安全委員に任命される人たちの大多数は、目的意識を持っていて、その役割を誠実にこなしてきたわ。ほとんどの委員が安全委員会の立場に立って行動してきたと言えるんじゃないかしら。もっとも、中には要領だけの人間もいたようですけどね」

「現在の議長と副議長はどうなんですか？　最初にラセロスがつかまらないときは、その二人に聞かせるってミンが言っていたんでしょ？」

「二人とも理想の公僕とは言い難いわね。議長のマキシン・ワルスは政治的野心を持った若い女性法曹。常にナンバーワンを目指していて、煮ても焼いても食えない人よ」

「副議長は？」

「ハンター・パークマンは権力好きのお金持ち。働く必要はないんだけど、大統領に取り入って、なにがしかの権力を授かるのが嬉しくてしょうがないみたい。こっちは、煮るか焼くかすれば少しは食えるかしら」

　ジョーはそのあとも、森の茂みに目をやっていたが、さっき見たような動きは見られなかった。

　雷の鼓動を示す血管が、東の空の嵐の暗がりの中で浮かび上がっては消えていた。

　ジョーは稲光から雷鳴までの秒数を計った。それから計算すると、雨は十キロほど先だと判断できた。

　バーバラが再び口を開いた。

「あなたに渡したのはゼロックスのコピーです。オリジナルは仕まってしまいました。使うつもりがないのにどうしてそうするのかって？　それは神のみぞ知るです」

ジョーの気持ちは、知りたい衝動と、知る怖さとの二つに割れていた。機長と副操縦士のあいだで交わされた話の内容を知れば、妻や娘たちが味わわされた恐怖が新たな次元に膨れ上がる。

ジョーは勇気を振り絞って最初のページに目を移した。彼の肩越しに見つめるバーバラにも分かるよう、彼は指で行を追いながら読んでいった。


（副操縦士のサントレリは手洗いから戻って、操縦席に着いた様子。彼のヘッドホンを付ける前の声がコックピットのマイクロホンによってキャッチされている）

［サントレリ副操縦士の声］――ＬＡへ行くか（はっきりしない）いっぱい食うぞ。ヒューモス、タップール、ストリングチーズのレブン。ひっくり返るまで皿いっぱいのキッビーをな（以上、意味不明）あそこのアルメニア料理店は最高だよ。機長は中東料理は好きですか？

（三秒間無言）

［サントレリ副操縦士］――ローイ？　どうしたんですか？

（二秒間無言）

［サントレリ副操縦士］――何だい、これは？　おれたちのこれは……ローイ、自動操縦装置をはずしたんですか？

［ブレーン機長］――やつらの一人の名はルイ・ブロム博士。

［サントレリ副操縦士］――何だって？

［ブレーン機長］――もう一人の名前はキース・ラムロック博士。

［サントレリ副操縦士］――（明らかに心配そうな口調）この〝マックドゥー〟にあるのは？　ＦＭＣを使ってたんでしょ、ローイ？

ジョーの質問にバーバラが答えた。

「７４７―４００型機の電子機器はすべてデジタル化されていて、ほとんどのデータは計器パネル上の、よく目につく大きな六つのブラウン管に表示されます。〝マックドゥー〟というのはＭＣＤＵのことで、つまり〝多種機能制御状態ディスプレーユニット〟のことです。それぞれの操縦席に一つずつ付いていて、一対になっているから、一人が入れたデータはただちに別のユニットにも表われます。この装置がまた〝FMC〟すなわち〝飛行命令コンピューター〟を制御するわけです。パイロットたちはすべての飛行計画や、途中の変更をこの〝マックドゥー〟にインプットするわけです」

「すると、これは、サントレリ副操縦士が手洗いから帰ってみると、機長が飛行計画を変更していたということですね？　そういうことはよくあるんですか？」

「天候の急変とか、乱気流とか、空港が混雑していたときとか、そういう場合はあり得ますね」

「ですがこの場合のように、大陸横断飛行の中間地点をちょっと過ぎた辺りで、天候も良く、すべてが順調に飛行しているときでも、そういうことはあり得るんですか？」

バーバラはうなずいた。

「ええ、あり得ますよ。それで副操縦士は尋ねたんでしょう。順調に飛行しているのになぜかって。それにしても、副操縦士の心配そうな声の調子がちょっと引っかかりますね。機長がすぐ答えないのと、マックドゥーに何か異常なものを見て、こういう訊き方になったんだと思うわ。意味不明の進路変更とかね」

「そんなことがあったんですか？」

「さっきも言いましたけど、予定コースから七度振れて飛行を始めたんです」

「副操縦士はトイレにいたときにそれに気づかなかったんでしょうか？」

「振れは副操縦士が席を離れたすぐあとに始まったんです。徐々にだったから、気づかなかったんでしょう」

「〝ブロム博士〟、〝ラムロック博士〟というのは何者なんですか？」

「わたしは知りません。先を読んでみてください。ますます気味が悪くなりますよ」

［ブレーン機長］——あいつらにやられた。

［サントレリ副操縦士］——機長、これはどういうことですか？

［ブレーン機長］——ひどい連中だ。

［サントレリ副操縦士］——ヘイ！　聞いているんですか、機長？

［ブレーン機長］——ヤツらをやめさせるんだ。

バーバラが解説した。

「機長の声の調子がここで変わるんです。まあ、全体に謎めいているんですけど、〝ヤツらをやめさせるんだ〟と言ったときの機長の声には苦悩が感じられます。真に迫っていますね。本当に悩んでいるからこそ出せる響きだと思います」

［サントレリ副操縦士］——機長！　ローイ！　操縦をわたしが替わります。

［ブレーン機長］——録音はされているのか？
［サントレリ副操縦士］——何だって？
［ブレーン機長］——おれをいじめるのをやめさせてくれ！
［サントレリ副操縦士］——（心配そうな声）分かった——。
［ブレーン機長］——録音されているのか？
［サントレリ副操縦士］——それは大丈夫だから、機長——。
（パンチを浴びせたような鈍く激しい音。明らかに副操縦士のうめき声。もう一回鈍い音。サントレリのうめき声が途絶える）

［ブレーン機長］——録音されているのか？

東の空では、雷のティンパニーが前奏曲を奏でていた。ジョーが言った。

「機長のヤツが副操縦士をぶん殴った？」

「それとも、何か鈍器をフライトバッグから取り出してね。サントレリが手洗いに行っているあいだに用意していたとも考えられるわ」

「計画的にですか。いったい、何があったんでしょう？」

「多分、機長はサントレリの顔をそれで直撃したんでしょう。副操縦士はすぐ黙りましたから。十二、三秒間沈黙してから――」

バーバラは書面の一行を指差した。

「またうめき声が聞こえたんです」

「なんということだ！」

「この辺りからブレーン機長の声が再び変わり、苦しそうな響きがなくなったんです。その代わりに、鳥肌が立つようないまいましげな口調になっているの」

［ブレーン機長］――やつらをやめさせるんだ。おれにチャンスが巡ってきたら、みんな殺してやる。全員だ。おれは必ずやる。喜んで全員殺してやる。

ジョーはペラリと紙をめくった。

353便の乗客たちの様子が目に浮かぶようだった。座席でうたた寝している者、本を読む者、ラップトップを抱えて仕事をする者、雑誌をパラパラとめくる者、編み物をしている者、映画を観る者、何か飲んでいる者、頭の中で未来を描いている者、それぞれが自分の世界に浸って、コックピットの中の恐ろしい出来事に気づいていない。

多分ニーナが窓側の席に座り、星を見つめていたか、眼下に広がる雲の海を眺めていたのだろう。彼女はいつも窓側の席が好きだった。ミッシェルとクリッシーは何かゲームをやっていたのかもしれない。〝ゴー・フィッシュ〟か、〝オールド・メイド〟か。二人は旅に出るたびに何かゲームのセットを持って行く。

ジョーは彼女たちを思いだすことで、またまた自分を痛めつけていた。これはもう彼の得意技になっていた。痛めつけられて当然だと信じているからだ。

ジョーは娘たちのことを頭から振り払って言った。

「このブレーン機長にいったい何があったんですか？　ドラッグですかね？　何をやって頭がそんなにおかしくなったんですか？」

「いいえ、その件ははっきりしています」

「ほう？　どうして分かるんですか？」

「機長がドラッグやアルコールに浸っていなかったかどうかの検査は最優先で行なわれるんです。でも、この場合はちょっと時間がかかりました」

そう言って、彼女は焼け焦げた松やアスペンの木立ちを、片腕を広げて指し示した。

「体がバラバラになって、四方八方の木々に飛び散ってしまったからです」

ジョーの視界の周囲に暗い影が迫ってきた。やがて、風景がトンネルの先に見えるような感じになってきた。ジョーは舌を血が出るほどきつく嚙んだ。そして、ゆっくりと深く呼吸した。

疑惑の細部を聞かされて、自分がどんなにショックを受けているか、バーバラに感づかれたくなかった。

バーバラは両手をジーンズのポケットに突っ込み、足元の小石をクレーターの中に蹴り落とした。

「あなた本当に訊きたいの、ジョー？」

「ええ」

バーバラはため息をついた。

「機長の手の一部だと思われるものが見つかったんです。結婚指輪は半分溶けていたんだけど、比較的珍しい品物だったから、彼のだと特定できたんです。その手の一部と、もう一つほかで見つけた組織を使って——」

「指紋ですか？」

「いいえ。焼けただれていて、指紋はまったく採れなかったわ。でも、彼の父親が生きていてね。その父親が提供してくれた血液のサンプルから米軍ＤＮＡ鑑定研究所が本人のものだと断定したんです」

「その鑑定は信頼できるんですかね？」

「ええ、百パーセントね。見つかったパイロットたちの肉片は、薬物専門家のところに送られて検査されるんです。機長、副操縦士、両方の肉片から微量のエタノールが検出されたんですけど、それは肉片の腐敗が進んだ結果でした。機長の手などは、わたしたちが見つけるまで、七十二時間もあの木の辺りにあったんです。副操縦士の肉片は四日間も野ざらしでした。エタノールが検出されるのは予期されていたことです。その他の薬物検査ではすべてクリーンでした。二人ともまったく正常でした」

中毒を疑わせるような言葉はないか、ジョーは文面を見渡した。しかし、それらしいものはなかった。

「では、ほかの可能性は？　脳梗塞とか——？」

「いいえ。わたしがテープを聞いた限り、そんな気配はありませんね」

バーバラが続けた。

「機長の口調もはっきりしていて、ろれつが回らなくなるようなこともありませんでした。もっとも、言っていることは意味不明で不気味ですけど、支離滅裂ということはなく、趣意ははっきりしていて、一貫性もあります」

ジョーはフラストレーションを募らせて言った。

「では、何なんですか？　精神分裂というやつですか？」

バーバラも、ジョー同様にフラストレーションを募らせていた。

「わたしが調べたところでは、あんなに正常な人はいないくらいしっかりした人なのよ、デルロイ・マイケル・ブレーンという人は」

「でも、どこかおかしなところがあったんじゃないですか？」

「いいえ。どこからどう見ても正常な人よ」

バーバラは語調を強めて言った。

「渡り歩いたすべての会社の心理テストに合格して、とても温厚な家庭人なの。妻には誠実で、教会の活動にも熱心なモルモン教徒。アルコール類は口にせず、ドラッグにもギャンブルにも無縁な人間よ、ジョー。それが一瞬のうちにあんな常軌を逸した人間に変わるなんて！　彼はただ身持ちが良くて好人物というだけでなく、とても幸せな人だったの」

雷が光って辺りを明るくした。東の空の鉄路の上を雷鳴の車輪が転がった。

バーバラは書面を指差して、３５３便が最初に三度進路方向をずらした箇所をジョーに教えた。

「サントレリ副操縦士が二度目のうめき声を上げたのは、この時点よ。でも、彼はまだ意識は回復していなかったわ。ブレーン機長はハンドル操作をする前に、おかしなことを言っているの〝こりゃあ、楽しいや〟ってね。テープにはここでほかの音も入ってるわ。急に機体が傾いたため、何かがブラブラする音ね」

［ブレーン機長］——こりゃあ、楽しいや。

ジョーは食い入るように文面を追った。

バーバラは彼に代わってページをめくってやった。

「その三秒後、機体はさらに四度急激な進路変更を行なったんです。機体のきしむ音がテープに入っていました。ここで、ブレーン機長は笑いだすの」

「笑いだす?」

ジョーは理解できなくて、訊き直した。

「乗客もろとも飛行機を落とそうとしながら笑っている?」

「それも、頭がおかしくなったような笑い方ではないの。そう、心から楽しんでいるような明るい笑いだったわ」

[ブレーン機長]——こりゃあ、楽しいや。

最初に機体が振れてから八秒後、もう一度急激な方向転換があった。左に三度だった。その二秒後、今度は右に七度、またまた急激な振れがあった。機長は操縦をしながら大きな声で笑い、こう言った——〝さあ、今だ!〟

「右の翼が浮揚して、左翼が沈んだのはこの時点です」

バーバラが解説した。

「その二十二秒後、機体は水平方向に百四十六度傾き、機首を八十四度、すなわち地面に対してほぼ垂直にして飛行していました」

「真っ逆さまに墜落したということですか。その時点でもうダメでしたね」

「確かに容易ならざる事態でしたが、態勢を立て直すチャンスはありました。六千メートルの上空にいたんですから。飛行位置を立て直すだけのスペースは充分にありました」

３５３便の墜落に関する記事はいっさい読まないできたし、それに関するテレビの報道も見ないようにしてきたので、ジョーは、当の機体が炎と煙に包まれながら落ちたものと勝手に思い込んできた。ところが、いま聞いた話によると、どうやらそうではないらしいことが分かった。すると、現実は、自分が神経症の発作におそわれるたびに疑似体験してきたあの機内模様よりは、ましだったかもしれない。だが、どっちが最悪かは、ジョーにも断定できなかった。煙にむせびながら死の瞬間を迎えるのと、澄んだ空気の中で機体の立て直しを空望みしながら、迫り来る地面を見せられるのと、どっちが地獄だろう？

書面によれば、各種の警報装置がコックピット内に鳴り響いていた。高度警報トーン。音声による警報「トラフィック！」が繰り返し鳴っていた。なぜなら、機体は指定された飛行コース外を墜落していたからだ。

ジョーは訊いた。

「ここにある〝スティックシェイカー警報〟というのは何ですか？」

「誰も聞き逃すことがないような耳障りな音で、機体が浮力を失ったことをパイロットに知らせる警報です。このままでは墜落すると知らせているんです」

地面に激突するという運命のこぶしに握られて、副操縦士のビクター・サントレリは、突然うめくのをやめた。意識を回復したのだ。彼がそこで見たものは？　フロントガラスの外を勢いよく飛んでいく雲か、それとも機体はすでに雲の下にあって、空から見たコロラドがどんどん迫っていたか、あるいは、頭がおかしくなるような警報音の中で、六つの大スクリーンが示すデータの中に自分の運命を読み取ったか？　とにかく副操縦士はそのときこう言った――

〝何だこれは!?〟

「副操縦士の声は鼻にかかってくぐもっていました」

バーバラが言い添えた。

「機長に殴られたためでしょう」

文面を読んだだけで、副操縦士の恐怖がジョーの骨に伝わってきた。副操縦士が助かろうと必死になる様が目に浮かぶようだった。

［サントレリ副操縦士］――大変だ！　やめろ、機長！
［ブレーン機長］――（笑い声）ウァー！　さあ、行くぞ、ラムロック博士！　ブロム博士！　ほら、今だ！
［サントレリ副操縦士］――機首を上げろ、機長！

［ブレーン機長］――（笑い声）ウァー！　（笑い声）録音しているのか？
［サントレリ副操縦士］――機首を上げるんだ！
（サントレリ副操縦士の呼吸が急に荒くなる。何かと争っている様子。機長と争っているのかもしれないが、むしろ操縦桿と格闘しているようにも聞こえる。機長の呼吸も荒くなっていたかどうかはボイスレコーダーでは分からない）
［サントレリ副操縦士］――クソッ、クソッ！
［ブレーン機長］――録音されているのか？

ジョーは当惑していた。

「機長はどうして同じ質問を繰り返すんですかね？」

バーバラは首を横に振った。

「さあ、わたしにも分かりません」

「彼はどのくらい長いあいだパイロットをやっていたんですか？」

「二十年以上よ」

「コックピット内の声は常に録音されているって、当然知っていたんでしょ？」

「知ってなきゃおかしいわね。でも、あのときの彼の精神状態はどうだったか、それが問題よ」

ジョーは、二人の男のあいだで交わされた最後の言葉を読んだ。

［サントレリ副操縦士］――機首を上げろ！
［ブレーン機長］――オー！　ワオー！　今だ！
［サントレリ副操縦士］――神さま……
［ブレーン機長］――オー、イヤー！
［サントレリ副操縦士］――やめろ！
［ブレーン機長］――（子供っぽく、はしゃいで）オー、イヤー！
［サントレリ副操縦士］――スーザン！
［ブレーン機長］――ほらほら。見えてきたぞ。

（サントレリ副操縦士が叫び始める）

［ブレーン機長］――すげえ！

（サントレリの悲鳴は、衝突によって録音が途切れるまで三秒半続いた）

草原を強い風が吹き抜けていく。空を覆う厚い雲からは、どしゃ降りの雨が今にも降りだしそうだった。自然はどうやら水洗いの時間を迎えているらしい。

ジョーは書面を折りたたんで、ジャケットのポケットに仕舞い込んだ。

それからしばらくは、何もしゃべる気がしなかった。

遠くの空の稲妻。近くで轟く雷鳴。勢いよく流れる雲。クレーターの底を見つめながら、ジョーはやがて口を開いた。

「サントレリ副操縦士の最後の言葉、あれは名前ですよね」

「スーザン。ええ」

「誰ですか、スーザンって？」

「副操縦士の奥さんですよ」

「そうだろうとは思いましたがね」

最後は神の慈悲にすがりつくのをあきらめ、覚悟を決めた様子がうかがえる。愛を込めて妻の名を呼んだのがそれだ。機首が上を向く希望を最後まで捨てたくなかったのだろう。彼の意識の目に映ったのは、迫り来る地面ではなく、慈愛に満ちた妻の顔だったに違いない。

ジョーは再び、口がきけなくなった。

〔下巻につづく〕

S.シェルダンの次の本は氏の最新作

テル ミー ユア ドリーム

—— Tell Me Your Dream ——

シドニィ·シェルダン氏

今アメリカでベストセラー中の作品を、さっそく次の発刊でお届けします。ご期待下さい。これからも、氏の新作はアカデミー出版から発行されます。

新書判
生存者 (上)
二〇〇〇年三月十五日　第一刷発行
著者　ディーン・クーンツ
訳者　天馬龍行
発行者　益子邦夫
発行所　㈱アカデミー出版
東京都渋谷区鉢山町15―5
郵便番号　一五〇―〇〇三五
電話　〇三(三四六四)一〇一〇
FAX　〇三(三四七六)一〇四四
〇三(三七八〇)六三八五
印刷所　凸版印刷株式会社

ISBN4-900430-81-1